不是你想的那样

刘子慕 / 著

江苏凤凰文艺出版社
JIANGSU PHOENIX LITERATURE AND ART PUBLISHING

图书在版编目（CIP）数据

不是你想的那样 / 刘子慕著 . -- 南京 : 江苏凤凰文艺出版社 , 2022.10
ISBN 978-7-5594-6677-8

Ⅰ . ①不… Ⅱ . ①刘… Ⅲ . ①故事 – 作品集 – 中国 – 当代 Ⅳ . ① I247.81

中国版本图书馆 CIP 数据核字 (2022) 第 045128 号

BU SHI NI XIANG DE NAYANG

不是你想的那样

刘子慕 著

出 版 人　张在健
责任编辑　曹　波
策划编辑　黄香春　邹学欢
封面设计　粉粉猫
内文设计　周艳芳
出版发行　江苏凤凰文艺出版社
　　　　　南京市中央路 165 号，邮编：210009
网　　址　http://www.jswenyi.com
印　　刷　湖南天闻新华印务有限公司
开　　本　150 毫米 ×210 毫米 1/32
印　　张　7.5
字　　数　213 千字
版　　次　2022 年 10 月第 1 版
印　　次　2022 年 10 月第 1 次印刷
书　　号　ISBN 978-7-5594-6677-8
定　　价　32.00 元

目录 ☆ CONTENTS

木匠

木匠是小镇上最奇怪的人，他每天都拿着木头雕刻，刻一些谁都认不出来的东西。

他继承了一家小店，靠卖木制器具为生，但他的木刻卖不出去，因为没有人知道他在雕刻什么。那是一种奇怪的物体，摆出奇怪的姿势。

木匠说，这都是他梦里的生物。

只有一个人懂他的梦。这个人是大户人家的女儿，偶尔出来一次，买一买喜欢的物件。

别家的姑娘都是买胭脂水粉，这个姑娘只来木匠的木刻店里，对着他梦中的木雕一坐就是一天。木匠从来不和她讲话，她也从来不问些什么，两个人似乎生来就心有灵犀。

每当木匠的店因为生意不好濒临倒闭的时候，姑娘就会送来一笔钱，再象征性地带走两件木雕，下次过来再送还给木匠。

镇上没人知道这是为什么，也没人知道这两人是怎么想的。

镇上同样没人相信这两人会走到一起，一个是濒临破产的店铺的木匠，一个是大家闺秀，怎么看都没有可能。

木匠其实没那么大的野心，他只想守着自己的店。

但姑娘岁数大了，许多事便由不得自己。

姑娘最后一次去木匠店，除了带回的木雕，还有一大笔钱。姑娘破天荒地和木匠说了话："我要走了，嫁给一个我没见过的人。我来你店里许多次了，其实我也并不懂你在雕刻什么。"

木匠把她带回来的木雕摆上架子，说：“一个梦而已。”

姑娘说：“我也有许多的梦，但我无能为力，嫁给别人之后，只怕更加无能为力。我希望你能坚持下去，哪怕别人看不懂你。”

木匠又说：“你什么时候出嫁？我送你个礼物，不枉你我相识一场。”

姑娘很开心，说：“我母亲有一个嫁妆，是把木梳子，我小时候见过，把上雕的凤头，非常好看。有一次母亲不小心摔裂了它，之后压在箱子里不舍得用，久而久之，这把梳子便找不到了。”

木匠说：“懂了，我给你雕一个没裂纹的。”

“不。”姑娘说，“我要有裂纹的，这道裂纹从凤头的眼睛一直裂到脖子。”木匠懂了，这把梳子正是因为有那道裂纹才完美。

但裂纹摔出来容易，刻出来很难。木匠找遍了他见过的所有刀和木质，始终未能刻出一道完美的裂缝。

就此春来冬去，等木匠把一把完美的梳子做出来时，姑娘已经离开小镇，嫁到了很远很远的地方。木匠站在她家门口悲痛欲绝，不知道这把梳子还能否送到她手上。

后来木匠不再雕刻奇形怪状的物体，执着于雕刻一种带有裂缝的梳子，反而生意越来越好，门市开遍大江南北。

木匠刻的不再是梳子，而是他对姑娘的思念。

店老板讲完这个故事，对面前的顾客说：“我们这家店传了近百年，靠的就是这一手绝活。你看到的不是质量问题，那是故意刻上去的裂纹。”

顾客撇嘴：“你小子是真会讲故事，这梳子今天是死活不给退，是这意思吧？行，一会儿我就上消费者协会告你们去，看我们谁占理。”

店老板自信地大笑：“开玩笑的，大哥，消消气，马上就给你退。”

[失恋的乌鸦]

乌鸦是家养的宠物鸦，失恋了找主人哭，那时主人正在喝酒。

主人给它倒了三杯酒，说道：“这三杯是解怀酒，喝完你就能忘却所有的烦心事。”

乌鸦喝了第一杯酒，说它曾经和女友飞过高楼，飞过矮树，到哪儿都形影不离，夫唱妇随，不承想有一天会落到如此境地。

主人不讲话。

乌鸦喝了第二杯酒，说分手后自己曾见过它的新男友，很高、很壮、很帅，比普通乌鸦大一圈，翅膀硬得像石头，自己确实比不过。

乌鸦喝了第三杯酒，瘫倒在桌上，神志不清，嘴里重复说：“不就是个女朋友吗，我到哪儿找不到！”

乌鸦睡着了，再醒来后，它茫然四顾，接着又斗志满满地冲出窗子，不到半天就带着新女朋友回了家。

那会儿主人还在喝酒。

乌鸦的笑容挂在脸上，翅膀一挥，得意地问主人：“漂亮不？”

主人点头，脸上没有表情，只给乌鸦倒了一杯酒，推过去。

乌鸦喝完，笑容缓缓消失，眼泪“吧嗒吧嗒”地往桌子上掉，就此哭了半宿。新女朋友太像前女友了，一颦一笑都是它的影子。

新女朋友愣在原地，主人跟它说：“你走吧，你与它前女友太像，它心中仍有包袱没能放下。”

乌鸦酒醒后离家出走，不知所终。等主人再和乌鸦见面时，乌鸦仍然独身一鸦，眼神茫然，和主人越发相似。

乌鸦说："我发现命运就像一个圆圈，我们就在里面跑，永远在跑，但跑不出去。"

主人问它："你去哪儿了？"

乌鸦说："我飞过山，又飞过一条河，再飞过了几处田野，我见过这个世界的美好，也见过这个世界上形形色色的乌鸦。"

主人点头："那很好。"

乌鸦又说："但我始终不能摆脱它的影子，无论我走到哪儿，认识哪只母乌鸦，都是它的模样。我交了许多女朋友，但每天醒来我都以为是它在我身边。有时我想，人是不是也这样，爱过一个女人之后，全世界的女人就成了她。"

主人讲不出话，只在桌上倒了三杯酒，推给乌鸦。

乌鸦懂。它喝掉第一杯酒，说："我飞得好快，飞过好远的地方，飞过最高的山峰，但我忘不掉它留在我心中的回忆。"

主人仍然不讲话。乌鸦喝了第二杯酒，摔杯大骂："凭什么！凭什么！到底凭什么？"

主人说："原因在于……"

乌鸦已经喝了第三杯酒，瘫在桌子上，缓缓睡去。

主人收拾好酒杯，感叹："傻孩子，天下乌鸦一般黑啊，长得不像就有鬼了。"

[猎户与医生]

猎户住在山腰上，常年靠打猎为生。

山上没有医生，每当他受了伤，就在房檐上的灯笼里点燃一支蜡烛。这样火光会在夜晚闪烁，山脚的村民看见就会来帮他。

医生叫小花，每次去猎户家都很准时，听说蜡烛亮了，她摸黑登山赶到猎户家帮他治伤。

猎户有时候开玩笑说："小花，不如我娶了你吧，这样下次受伤，我就不必等半日了。"

小花每次都说："娶我可贵了，家里要的彩礼你给不起。"

但有一次猎户真的差点死掉，小花赶到山腰的屋子时，他只剩下半口气吊着。小花那次哭得一塌糊涂，在山腰上住了两个月，帮他换药，喂他吃饭，劝他不要再打猎。

猎户想了整整两个月。小花下山回家那天，猎户最后一次问她："娶你需要多少彩礼？等我凑够了娶你的钱，我就再不打猎了。"

小花笑着问："一言为定？"

猎户从来都是一言为定的。等猎户再在屋檐上点起蜡烛时，家里已经多了两对鹿角和一整套狼皮。

小花给他治伤的时候，他疼得龇牙咧嘴，但忍不住一直笑。小花怪他："这么重的伤，你怎么还笑得出来？"

猎户说："开心，我再打套熊皮，就够给你家的彩礼钱了。"

小花劝他说："明年吧，冬天快要到了，大雪会封山。"

猎户说："不等，伤好了我就去，封山前能回来，明年开春就娶你，一分一秒也不能耽搁。"

猎户伤好到一半就带着狗上了山。熊出没在深山密林里，猎户一走要去大半个月。

小花在山脚算着日子等他，希望有一天他会笑着过来，带着他承诺的彩礼，把自己娶回家。

但今年冬天的雪来得太早，大雪封山那天，没人看见猎户从山里出来。

小花焦急地等待了半个月，雪已经厚到半人高，猎户仍没出来。村子里的人都说猎户一定是死了，他太贪心，冬天还要进山，因此触怒了山神。只有小花知道，猎户是等不及要兑现他的承诺。

某个深夜，小花带着药箱趁天黑离开家，摸进了深山。她要去寻找猎户，把他救回来。

第二年开春，大雪融化，猎户活着从山里走了出来。他实现了自己的承诺，纵使狗饿死在山里，他依旧带着熊皮，剩了半条命跑出来。

猎户开开心心地回家，把熊皮挂好，然后在房檐挂上了一支蜡烛，但他没能等到小花。

这时他才知道，小花已经消失了整整一个冬天，谁都没再见过她。

猎户疯了，此后他每个月都要去深山转上一圈，却不再打猎。回家他总要点起一根蜡烛，然后满怀希望地看着上山的路，再一次次失望。

第二年冬天，猎户最后一次从深山回来，大雪将落，他在自己的院子里点上几百根蜡烛。那晚山腰突发大火，从此再也没有人见过猎户。

村庄里只留下传说，据说村子附近经常游荡着一个人。

那人孔武有力却目光涣散，逢人就只说："冬季天干物燥，是火灾的高发期，明火照明时不离人，周边远离可燃物。增强消防安全意识，积极预防火灾，保障生命安全。"

橘猫

大橘猫是这条街上最壮的猫。

谁都不敢惹它，它在手底下圈了一票“小弟”。

大橘猫喜欢把所有小猫叫在一起，跟它们讲故事——自己当年的故事。

大橘猫说自己年轻的时候遇见过一只白猫，毛发胜雪，窈窕多姿。

大橘猫每天看着它，就好像看着整个世界。

那会儿的大橘猫还小，追女孩子遮遮掩掩，偷偷给它取名叫阿白。

它和阿白一起去看日出，又和阿白一起看日落。

大橘猫曾经以为，世界上最美的景色是太阳，后来发现，最美的景色是阿白眼睛里的太阳。

大橘猫跟“小弟”第三百遍说到和阿白在河边漫步的故事时，“小弟”花猫问：“可你也不到三岁，你跟阿白想必认识不久，你又翻来覆去说这几件事，我推断……”

大橘猫一巴掌扇过去。

第二天花猫过来道歉，大橘猫搭着它的肩，叼着牙签说：“你讲得对，其实我就认识了它两个月，在两个月之后，我的生活就索然无味了。”

花猫说：“大哥，为什么分手呢？”

大橘猫感叹：“是它的主人搬家了。”

花猫是只机灵猫，第二天就带着猫去帮忙找，只要看见猫是白色的，就叫过来。

大橘猫在院子里晒太阳，挨个摇头。

大橘猫对它的阿白了如指掌。阿白的尾巴上有没有杂毛，耳朵的轮廓，爪子的形状，一个一个记得清清楚楚。

大橘猫说：“这里面都是有故事的。”

那天下雪，大橘猫把阿白叫出来，两人蹲在墙头上，看着白雪皑皑的世界，阿白偷偷用尾巴扫了扫大橘猫，它回过头去，阿白的尾巴与背景融为一体，像是笔刷在纸上流动。

大橘猫忍不住拉上阿白的爪子，再也没能忘记那一刻。

大橘猫全部记得，可它知道，自己和阿白再也回不去了。

花猫找了三天，大橘猫让它别找了。大橘猫说：“我给你讲一个别人都没听过的故事。”

大橘猫带花猫走了一个晚上的路，天亮的时候，两只猫站在公交站牌底下，对面是个小区。

等太阳出现，地面不再冰凉，小区里走出来一只白猫。

这是花猫见过的最白的猫。花猫说：“这位是……”

大橘猫点点头。

阿白从小区走出来，身后跟着几只一模一样的小白猫。

大橘猫说：“我怎么可能没找过它。只是，我找到它的时候，它已经有家庭了。当年我太年轻，不知道自己错过了什么，等我反应过来，错过的早已错过，除了回忆，还能怎么办呢？”

花猫偷偷说：“我们可以抢过来，大哥，你是猫，你不用讲道德。”

大橘猫摇头，说：“我第一次找到它的时候，也这么想过，但我怎么忍心破坏它的幸福。它有家庭，有孩子，有一只猫该有的一切。而我，只是一只橘黄的老猫而已。在这段感情里，我能做的最勇敢的事，恐怕就是再不联系。”

大橘猫抬爪子回家，背对着朝阳。

花猫喊一声：“大哥，阿白好像在看你！”

大橘猫回头，看见朝阳映在阿白的眸子里，那是它一生见过的最美的景色。

从此以后，大橘猫热衷于坐在阳台上，看着窗外的太阳发呆。

女主人看到了很疑惑，问男主人：“这猫怎么蔫了？”

男主人说：“绝育了以后一直这样。”

[纸飞机]

李方接到一通电话，是个陌生号码，当时他正在公司加班，对面张嘴就问：“你身边有飞机吗？”

李方觉得这骚扰电话挺莫名其妙。

对方又说：“我手边有个纸飞机，初中叠的，可能有七八年了，那会儿我正要毕业。”

对方问他：“你小时候玩不玩纸飞机？”

李方被这句话拉到回忆里。

他以前特别喜欢纸飞机，那会儿同学间盛行玻璃弹珠和战斗陀螺，他只玩叠纸飞机。

材料虽然简单，但怎么能飞远，怎么能转圈，讲究藏在深处。

李方不是一个人玩，他有个发小叫阿杰，也喜欢这个。

他们发明了特殊玩法，两人把秘密写在纸上，叠的时候包起来，然后飞出去，谁捡到谁拆开看。

刚开始两人拼命往自己的飞机边上跑，过几天阿杰终于反应过来，这个游戏抢对方的才刺激。

于是李方尿床的事就没藏住。

李方也知道了阿杰很多秘密，纸飞机成了两人交流的一个办法，秘密藏心里难受，飞出去就好了，好朋友之间坦坦荡荡。

那段时间两人互相分享心事，逐渐成了习惯，初三那年，李方最后一次把飞机扔出去，阿杰却没有跑。

他们长大了，阿杰说：“我以后不再做这件事。”

阿杰手里还拿着叠起来的飞机，而李方的刚刚飞出去，就落在草坪里看不见了。

阿杰说：“这是我最后一个秘密，但我不打算把它放飞出去，反正也是写给你看的，万一我又抢到了怎么办？你跑得那么慢，我还要让着你。”

李方从阿杰手上接过来飞机，拆开，看到里面写的是：“我要搬家去外省了。”

那时初中毕业，李方最后一架纸飞机飞出去，但没等来人去捡它，就像阿杰走了以后，他们再没机会见到。

在李方的印象中，之后只在网上和阿杰聊过几句，但能聊的越来越少，最后彻底没得聊，就像纸飞机一样，飞着飞着，终有一天再也飞不动，再好的叠纸技术都没有用——对抗不了命运。

那架纸飞机在外面落了地，再没被捡回来，即使两架飞机从同一个地方飞出去，在空中转着转着，落地的地方也离了十万八千里。

……

李方对着电话问：“阿杰？”

电话那头回他：“你有没有在纸飞机上写过字？”

李方的鼻子发酸。

对面又说：“我写过，和一个傻子在纸飞机上写秘密，但那个傻子跑得好慢好慢，每次我都要边跑边等。时间走得比飞机快多了，有一天我发现，我只能往前跑，不能再等他。”

李方说：“你这几年过得好吗？”

阿杰说：“不太好，我手里的纸飞机上还写着字，这么多年了，我始终有一件事没想明白，你还愿意听吗？”

李方说：“你讲，我听着。”

阿杰说：“一架大飞机与一架小飞机，分别以各自的速度从甲地开往乙地，到乙地后立即返回，返回时各自速度都提高百分之二十。出发后一个半小时，小飞机在返回的途中与大飞机相遇。当大飞机到达乙地时，小飞机离甲地还有甲乙两地间路程的五分之一，那么小飞机在甲乙两地间往返一次共需几小时？”

车票

李方刚登上这列绿皮火车，就看见自己的座位上有人。

绿皮火车卖一种站票，没有指定座位，理论上只能站着，但因为车厢并非永远满的，哪个地方没人就可以过去坐。

李方最讨厌这种事，很麻烦，要和陌生人费口舌，还容易争吵。但这次没有，他和自己座位上的大叔说：“起来，这座位是我的。”

大叔看看李方，又看看车厢，站起身，很痛快地走了。

大叔也没走远，李方去卫生间时又遇见这位大叔，大叔正靠在车门的地方，手里烟还剩一半，耳朵上挂着耳机，看着窗外。

卫生间里有人，李方站在边上等位置，大叔顺手递过来一根烟，问他：“学生吧？放假回家？”

李方说：“嗯，回家，你去哪儿？”

大叔说：“我出来探亲，但我探的不是人。”

火车开到一座桥上，外面是被绿树包围的一条河，往远处无边无际地延伸出去，波澜不惊。阳光洒在河上，这会儿已经要日落了。

大叔说：“我探的是这条河。一共有十四列火车从这座桥上过去，而这辆车是最慢的，我想用最慢的速度看它一遍。”

李方把烟点上，问：“这河有什么特殊的？”

大叔用手指指着桥的东面，那边有一小片若隐若现的建筑群，说：“你看那边，以前我还是个学生的时候，我和女朋友分隔异地，一两个月才能见一面，每次我都要坐车过来找她，那会儿我没钱啊，就坐这种最便宜的火车。”大叔深吸了一口烟，“现在我什么车都坐得起了，却没什么人值得让我专门去见了。我就过来看看这座桥，以前我也从这座桥上过，现在我还在过，桥从来没变，我要是能和这座桥一样该多好。”

李方问：“分手了？”

大叔点头说：“异地恋嘛。后来她结婚了，过一会儿你就能看见，有个教堂在她学校边上，她就在那儿结的婚。我在下一站下车，然后去看看那座教堂。我是没法见她了，但和她有关的一切我都舍不得。”

李方说：“你还挺深情，不就是分手吗，弄得跟什么一样。”

大叔看了他一眼，说：“你不懂。年轻人是容易这样，自己不懂，但以为懂了，很自信，可自信是会付出代价的。”

李方没理他，自己去了卫生间。

车靠站，形形色色的人拥上来，相遇在这几节车厢。

大叔拿了自己的行李准备下车。

一个络腮胡的壮汉站在李方旁边说：“起来，你这座位是我的。”

李方怒目而视：“我的位子，怎么成你的了？”

络腮胡子说：“来，你的票给我看看。”

李方掏出票递给他，一转头看见大叔微笑地看着自己。大叔说：“忘告诉你了，我其实买了票，没占你的座位。年轻人，别太自信。”

李方一愣。

络腮胡子把车票扔回来，骂他：“傻子啊，上错车还这么狂！”

[大排档]

城北只有一家大排档开到后半夜，缩在巷子里面，每天营业到深夜三点，不管店里有没有客人。

老板是个沉默的中年人，滴酒不沾，卖的啤酒却是一绝。

偶尔有人问他，干吗开到那么晚，早点休息多好，又差不了几个钱。

老板说，他是在等人，等一个并不确定会来的人，但不能说是谁。

大家就说老板真有耐心，可以天天等，坚持这么久。直到某次有人看见，老板在一个女人离开之后，马上关门休息，那会儿还没到深夜三点。

第二天人们开玩笑说，原来老板再神秘也无法免俗，等来等去，等的终究是个女人。

老板又让大家别误会，他们并无瓜葛。

只是这个姑娘，每次和男朋友吵架，都要从家里跑出来。如果赶上晚上吵架，跑出来又没地方去，营业的只有这家大排档，姑娘就来喝闷酒，她男朋友会出来找她。时间一长找出了默契，两人晚上吵完架，姑娘过来，吃吃喝喝没多久，男朋友熟门熟路地跟过来。

两人从吵架到和好，就在这家大排档里，借着食物和酒走完过程，然后再开开心心地回家。

老板和开玩笑的顾客说："你看，我要是关门早了，万一两人晚上再吵架，男孩该上哪儿找人去？我并非贪这两个钱。"

只因大排档成了他们的和好之地。

又一天晚上，姑娘深夜两点多跑出来，坐在大排档里，一杯一杯地喝着闷酒。一直喝到天蒙蒙亮，她的男朋友还没有过来。

老板就说：“给他打个电话吧，今天晚上兴许不好打车。”

姑娘半醉地摇头说：“他不会来了，我们分手了。”

老板说：“这次吵得这么厉害？”

姑娘看着老板，说：“吵得不厉害，和往常一样，只是不想吵了。吵架的次数太多，两个人都失去了耐心，那只剩一个办法可以不用吵，这是个自然而然的选择，我不再想坚持，他也是一样。”

老板沉默无言。

姑娘又说：“大家面对的选择都太多，何必坚持呢，耐心有什么必要？和好也没有必要，去找个不用忍耐的。感情无非就这样，一拍两散最好。”

老板默默地给姑娘倒了一杯酒，也给自己倒了一杯。

姑娘说：“你喝酒吗？”

老板说：“我戒酒了，因为要营业，不能喝醉。但我卖酒，每天这么多酒水在手边，能选的多到不可计数。”

老板和姑娘碰杯。

老板说：“面对这一切，还去选择坚持，才是坚持的意义。你看外面，过了两点这里就空无一人。我坚持开到三点，只因每个你来的日子，我都觉得这些耐心没有浪费。那你，能坚持过来陪我吗？”

姑娘和老板一饮而尽。从此人们发现，在半夜三点的大排档，多了一位姑娘。

半个月之后，姑娘因长期饮食不节制患上血管硬化和脂肪肝，并食用了过期腌制肉类，诱发急性食物中毒，住进了医院。

喷壶

白铁皮喷壶喜欢上花园里的一朵玫瑰花，但玫瑰嫌弃它的铁皮肚子太大，这让它郁郁寡欢。

它的竞争对手是一只新款壶，和玫瑰相处得明显更融洽。

“它是三年前的款，身材好点，我们年头长了，外形上吃点亏。”朋友这么安慰它，“但我们务实啊。”

白铁皮也这么想。它和它的朋友是天生的喷壶，带有喷壶的骄傲，都很适合浇花，在花园里工作这么多年，没出过问题。而新款壶就不行，每天只会拈花惹草，隔三岔五就生病。

白铁皮想，在这场爱情的攻防战里，要利用好自己的优势。喷壶住在花园，新款壶住屋里，明显自己近水楼台。

但白铁皮没想到一件事，它住在城池里，不代表它守得住，尤其是居民把它当外人。

白铁皮一共拦住新款壶三次，第四次不让它进花园之后，喷壶群体遭到所有植物的反对。

芦荟第一个生气：“这花园成你们的私人领地了？”

月季第二个挑事：“我们这些花，难不成也是你们私人的了？”

喷壶和花们吵了三天，花们明显处于下风，吵不过喷壶。

于是玫瑰找到白铁皮，说：“我们都知道这件事是怎么开始的，个人矛盾别上升到种族歧视。”

白铁皮说：“你看，我对你的爱表达得这么明显，你考虑一下我呗。”

玫瑰在月影下看向天空，殷红的花瓣蒙上淡淡的光辉。

玫瑰说："我们不合适，你心里知道，只是不承认。感情终归要合适，我心有所属，你打得赢它，还能打得赢我的心吗？"

白铁皮说："你不认识我，怎么能说不合适，最起码互相认识一下。"

玫瑰眉毛一挑说："你在这儿浇水好多年，我还不认识你？说明我要的你没有，你给的我不想要。"

白铁皮彻底溃败，整个喷壶群体自此退出这场争斗。

新款壶大摇大摆地住到花园，而白铁皮喷壶视而不见，每天就对着篱笆墙发呆。

朋友劝它，不过是朵花，哪儿找不到一朵花。

白铁皮说："我喜欢的花只有一朵，花处处有，而我的心只在一处，我还能劝得了自己的心吗？"

其他喷壶大吃一惊："你偷着读书了吧，怎么不会好好说话了？"

白铁皮说："感情嘛，喜欢的不合适，合适的不喜欢，可什么是合适，什么是喜欢？真是个问题。"

朋友说："你要不少读点书？"

白铁皮继续对着篱笆墙发呆，只留下一句话："玫瑰会死的，我却救不了它。"这句话成了一个预言。

玫瑰和新款壶过上了幸福、愉快的生活。喷壶的工作被新款壶彻底取代，连花都没处浇了，个个跟着白铁皮开始思考人生。

直到有一天，新款壶生病了，连带着玫瑰也死了，花园里被它浇过水的花都死了。

一时间花花自危，月季找白铁皮哭："没听过谈恋爱还死花的，死自己也就算了，死邻居是造的什么孽。"

白铁皮说："我曾试图把它挡在外面，但你们……这是咎由自取，和感情一样。"

月季又哭："可是为什么呢，为什么大家都会死？"

白铁皮说："因为新款壶和你们并不合适。"

白铁皮自嘲地笑，玫瑰何曾了解过新款壶。合适是个伪命题，无非是它有的它想要，感情这事儿，各取所需，又咎由自取。

月季说：“那它到底是什么？”

白铁皮说：“它是个暖水壶，你们浇开水可不是找死？”

[夜路]

小可走在下班回家的路上，天已经黑了，她需要走一段夜路，一段偏僻荒凉，街灯时好时坏的路。

晚上这个时间，路上根本没人。路灯只有一点昏黄的亮光，聊胜于无，还要把手机电筒打开。小可心里有些许紧张，作为女生，她往前的每一步都在走近危险。

下班太晚就这样，谁也不知道会遇到什么，一切靠运气。地上有个易拉罐，这个罐子从昨天就在，路上的人竟少到这种地步。

她深呼吸，让自己镇定。这条路是上下班的必经之路，她虽然害怕，但必须要走。

周围太黑，黑到让人心中生寒。后面传来一声易拉罐的脆响。

小可回头，她后面跟着个男人，离她有一小段距离，把她刚刚看见的易拉罐踢飞了。

男人留着络腮胡子，戴着兜帽，脸上横横竖竖还有点伤痕，双手插着口袋，正快步往前。

“只是凑巧大家走在一条路上。”小可这么安慰自己，但不由自主地加快了脚步。

后面的男人也在加快速度，脚步声离小可更近了，几次她偷偷回头，都感觉对方在拉近距离，却也没有太近，似乎刻意在保持距离。

两人甚至还对视了一次。

小可心中稍微平静，想这人或许没有恶意，不然就彻底跟过来了。看来真的是凑巧同路。

周围的环境还是那么黑，小可的手机发出电量警告，她关掉电筒，身边瞬间少了许多光线，彻底陷入黑暗。

随即她发现，前面到了那条巷子。这是整条路上最窄的一段，巷子里面甚至无法容纳两个人并排行走。而这天巷子里的灯竟然一盏不亮，巷子口漆黑一片。

没有岔路可走，小可必须要走进去。身后男人的脚步忽然加快。两个人都很靠近巷子口，小可刚放下的心又提起来。

“喂！”男人喊，“前面那个！”

小可下意识地回头，看见男人正在朝她奔跑，边跑边喊她，一副凶神恶煞的样子。

原来如此，小可明白了，男人故意保持距离，是在等这条巷子。

小可害怕起来，前面是一眼看不到头的黑暗，她或许是巷子里唯一的过路人，这种地方呼救会有用吗？现在报警来得及吗？

她也开始跑，希望可以逃出去，但她没能跑过后面的男人。

小可在巷子口右臂被拉住。男人说：“呵，还跑呢。”

小可惊恐地回头，看见男人满脸凶相，眼角还有几道陈年旧疤，一张标准意义上的反派脸。

两人站在黑暗中，小可挣扎，但男人抓得很牢。她又尝试连踹带打，男人并不在乎。

男人只是抓着小可说：“你别跑。”

小可在男人眼里看到了一丝眼泪，他说：“我怕黑，别让我一个人走这条巷子行吗？求求你了。”

[锅]

疯子是周围很出名的人，因为他疯了。

疯子的症状奇怪，他觉得所有物品都是活的，他会和他看见的一切物品对话。比如周末的时候，疯子去了趟二手市场，看见一口锅，上面布满了油渍和锈迹，显得很颓唐。

这口锅缩在角落里，作为一个二手物品，并没有努力被人买走的积极性。疯子和锅说："你躲在这里，很难被人买走哦。"

锅看了他一眼："我当然不想被买走，再去被人类利用，做罪恶的事？不可能，我不做了。"

疯子坐在锅对面："烹饪不是罪恶。"

锅说："恰恰相反，你不知道厨房里会发生什么。"

锅给疯子讲了自己的往事。

那是许多年前的某个夜晚，锅在一家炸鱼薯条店打工，当时临近收工，锅要炸最后一批鱼肉和薯条。

每块鱼肉或者薯条，在面对死亡的时候，都会恳请锅放掉它们。

但锅知道自己的职责，它安抚所有的食材，说："这是宿命，大家都要以一种方式走向结局，你不能逃避。"

薯条一般会妥协，但鱼肉大部分会反抗。

锅并没有想到，它会在那晚对一块鱼肉产生感情。

"它太美了，我对它一见钟情。"锅是这么说的。

锅没见过这么美的鱼肉，倔强地扭着头，并不反抗，那么安静地躺在锅底。锅做了一口锅最不该做的事情——和鱼肉搭了话。

"嗨，你……你不害怕？"

鱼肉说："我怕什么，我的心早死了。"

鱼肉当时刚刚失恋，和一根薯条。薯条承诺说会不离不弃，但临进锅的时候，薯条自己跳了出去，留下鱼肉独自面对命运的终点。

"它承诺的时候，眼神好真挚。"鱼肉说，"我真以为它能带我跑掉，它感动了我，然后利用了我的感动。"

薯条在厨师倾倒食材的关口，借着鱼肉背影的遮挡逃掉了。

锅仗义执言："真过分，渣男。"

鱼肉说："不，我理解它，它想活下去而已。"

"是我傻了，这世间哪有真心的爱，它的承诺不过是一时激动，大家都是情绪的奴隶。我竟然相信了这世界上最虚假的承诺，相信了爱能超越一切。没想到它那一刻的真诚都没退去，便已经背叛了我。爱才是最脆弱的东西，爱甚至赢不过时间。"

锅说："那根薯条根本不值得你伤心，我对你才是真心的，我愿意认真地去爱你。"

"那你会带我走吗？"

"肯定啊！"

鱼肉冷冷地看了锅一眼："你能放我走？"

时至今日，锅依旧记得那个冰冷的眼神。

那一瞬间它明白，自己的承诺也不堪一击，油已经温热了，它和鱼肉都知道。做什么都来不及，自己也是情绪的奴隶，一时激动，却为时已晚。

疯子认真地听完了这个故事。

锅窝在角落里，不愿意再见到任何食材。

疯子对此无法表示看法，他只是给锅拍了张照片，然后写道："转发这口锅到首页，可以炸了情敌的所有锦鲤。"

[天狗]

有一年，日历上有标注，该有天狗食月了。

于是，管历法的小神仙去找二郎神说："今天晚上您家狗受累，出趟活，让它去吃点月亮。"

二郎神答应下来，跟哮天犬一说，哮天犬不乐意去。

二郎神问它："你以往最爱吃月亮的，今次为何不去？"

哮天犬说："我最近胃疼，月亮又不好消化，实在懒得动。"

二郎神心疼自己的狗，说："胃不好可别去了，回头再撑吐了，反正我还有办法。"

天庭有面旗子，迎风就长，大到足以把月亮遮上。

听说哮天犬不舒服，二郎神立刻找人借这面旗，准备替哮天犬出趟活。

但哮天犬撒谎了，它的胃不疼，它是看上月老家新招的一个实习生了，准备过去缠着人家献殷勤，连月亮都顾不上。

可哮天犬心急则乱，没想另一茬，女孩新来天庭，道行太浅，还听不懂哮天犬说话。

实习生下午上班，听外面有只大黑狗在那狂叫，一探头，还发现那狗直勾勾地盯着她看，给她吓蒙了。

哮天犬跟着二郎神打了那么多年仗，道行很深，在神仙里不算厉害，吓唬个实习生绰绰有余。

女孩整个下午藏在屋里瑟瑟发抖，什么事都没做。

月老年纪大，眼神不好，不爱干针线活，这才费老大劲招来实习生。结果他晚上回家，看女孩什么活都没做，就质问女孩怎么回事，女孩把哮天犬的事往外一说。

月老说："那不怪你，哮天犬是世上最凶的狗，它连神仙都咬过，你害怕理所应该，这事就算了。"

于是月老把实习生送走，顺手把哮天犬抓进来，软禁在屋里。

月老吓唬哮天犬："你把我家实习生吓得要命，耽误了工作，她得被罚去刷厕所，以后你再也见不到她了，你可满意？"

哮天犬支支吾吾地求饶。

月老又派人找二郎神过来，让他把狗领回去，但他不在家，这会儿在月亮上摇旗子呢。

月老没办法，跟哮天犬说："你在这里等你主人忙完过来吧。"

哮天犬坐在月老屋里，满心后悔。

它隔着窗子看月亮，只见月亮正慢慢被旗子遮住。一想自己月亮没吃到不说，女孩也再见不到，它心下不免悲凉，叹气说道："诚不欺我，天狗到最后果然一无所有。"

测试

李方在酒吧里遇见一个奇怪的人和他搭话。

奇怪的人戴着滑稽的高帽子，自称是魔术师，说他有一个心理测试的魔术，很准，可以揣摩人的本质。

李方没心情理这种江湖骗子。

他刚刚分手，和女朋友大吵了一架，女朋友说他的脾气太差了，受不住整天吵架。

当时李方很气，但喝点酒冷静下来，他知道女孩说得没错，自己就是臭脾气，改不了的臭脾气。

魔术师说："你相信人生是一场宿命吗？我可以借由一个测试去看你的宿命。从一些小的选择入手，就比如吃火锅吧，你选什么锅底，就能看出你本质上是什么性格。"

李方说："你别整骗人的把戏了，我不会上当的。"

魔术师很严肃地说："不是骗人，万事万物都是原因导致结果。但许多原因由不着你选，于是构成了宿命。比如你心情不好，一定有原因在。"

李方点头，说："因为和女朋友吵架。"

魔术师摊手："你不想吵架，但还是吵了，吵架也有原因。"

李方又说："吵架是她嫌弃我的脾气差。但我还行，她不认识我爸，我爸那脾气是真差。"

魔术师直鼓掌："你看，一步一步推导，许多事都是宿命。人的性格形成与家庭关系很大的，你父亲的脾气差，你耳濡目染，脾气容易跟着变差。

但你选择不了自己的父母，宿命就在这里。”

李方听进去了。他问：“宿命在哪儿？”

魔术师说：“宿命在你无法选择的原因上，它导致了你今天的结果。”

李方说：“那我不是没办法了？”

魔术师摇头，很夸张地摆手，说：“当然不是。许多问题，你要先找到原因，然后慢慢去克服。脾气差，你既可以去怪你父亲，你也可以不怪他，选择去改，变成更好的你，对抗你的宿命。”

李方从沙发上差点蹦起来，大喊一声：“对啊！从今天开始，我要做一个好脾气的人。”

魔术师重复了那个心理测试，和他说：“你认真去想，你在吃火锅的时候，要选哪个锅底，菌汤、番茄，还是红油？你选一个，我就能告诉你，你在本质上是什么性格。”

李方脱口而出：“我选红油。”

魔术师叹了口气，久久没有说话。

李方问他说：“大哥，你别叹气，红油在这个测试里意味着什么？”

魔术师笑着说：“选红油啊，意味着你小子挺喜欢吃辣的，脑子也傻，连心理测试都信。”

[旅行]

二楼的女孩决定自己去旅游。

她等腻了，生活节奏越来越快，要等的东西反而更多。

比如上个月吧，她特别想出去旅游。

她刚跟男朋友说完，就看见他把眉头皱起来了，说这两天有项目，请不到假，不如等这阵子忙完了再去。

女孩说行吧，可忽然想起来，半年前就有类似的事。

本来他们计划好要出门，结果因为一些事耽误了，一耽误就是半年，从夏天等到冬天，现在，眼看冬天也要过去了。

等着等着自己都等忘了。

“没有假期啊，工作太忙，怎么能去。”男朋友总把这句话挂在嘴边。

女孩也忙。她每天起早贪黑，许久没休息过了，想出去旅游也是对休息的一种渴求。

但周末时间短，走不远，甚至还没有工作日上班路线远。

女孩太久没有出去旅游过，出去玩的想法像是一粒种子，深深地埋在脑海里，永远有破土而出的冲动。

“明天要不要出去玩啊？”每次女孩都这么问。

她知道男朋友会怎么回答，肯定是没有时间，工作忙嘛，当然是很忙的。可自己也很忙，自己也很累，很想出去。

女孩罗列出一年的假期，发现整个下半年哪里来的时间，时间都用在别的地方。难道要等明年了吗？她和男朋友商量了一下。

“呀，似乎也没别的办法了。”男朋友这么说。

“可我好想出去玩。”

女孩提了几百次，男朋友对此逐渐免疫，她自己也觉得烦，生活节奏越来越快，快到没余力去讨论节奏这件事。

大家沉在生活里，忘了生活本身。

“即使有假，旅游城市人也太多了吧。”男朋友补了一句。

于是在一个下午，女孩毫无征兆地从座位上站起来，转身出门，离开了公司。她没有和任何人说，也没想好去哪里，自己随便买了张火车票，去了一个之前没去过的城市，待了两天，再启程去往下一个城市。

她很开心，有一种从生活中逃出来的开心。许久没有如此轻松，好像天地间的空气更加清新，她感觉自己终于自由了。

像天上的鸟；像海里的鲸；像飘浮的尘土；像穿过尘土的光。

她把自己身上的钱花完，只留了一点回家的路费。

玩够了总该回家吧。她这样想着。

去买返程火车票那天，她把自己的这段经历发在网上。

她要把自己的想法分享给所有人，并在最后写道：“因春运期间票务紧张，无奈滞留候车大厅，求大家帮忙助力抢票，点一点红色按钮，圆我一个回家的梦。”

[追求]

小可每天要坐公交车上班。

这条路线很偏僻，早高峰不挤，乘车的长期是这几个人，时间久了，谁和谁都是熟脸。

本周有新成员加入，是个又高又帅的男生，小可看见他第一眼就放不下了。像是遇到逗猫棒的猫，男生走到哪儿她的视线就跟到哪儿。

而且，巧得很，男生跟小可是同站下车。

两人从公交车上下来，在车站稍稍站定，再朝着相反的方向走去，小可能听见身后的皮鞋踩在石板砖路上的声音。

小可内心雀跃，她是个果断的人，立即发微信给闺密。

两人从早晨讨论到晚上。

再从晚上心心念念到第二天。

等小可再乘上公交车，经过三站，男生准时上车，最后两人在同一个地方下车，小可已经魂不守舍了。

全程总共二十一分钟，小可的心率接近两百。

小可在车上就发微信给闺密："他穿西装的样子真是太好看了！"

两人一合计，这还能拖延吗，天塌了都能等一会儿，这次不能再等了。

闺密当机立断，当晚开始了小可的恋爱作战部署。

闺密说："首先得把男生的电话号码要来，这在本次的战略布署中至关重要。"

但小可表示，自己从未进行过类似的作战，缺乏必要的心理准备，肯定会掉链子。闺密恨铁不成钢，制作了精良的剧本模板，抓着小可背熟了，其中包含十几套搭讪与应对模板，足以应对任何突发情况。

两人还制订了分阶段计划，第一步：明天最起码搭上话。

于是第二天小可带着任务坐上了公交车，心跳比之前还快，紧张到手指发麻。三站路转瞬即逝，男生上车，战斗正式打响。

但小可发现自己胆小得挺彻底，话到嘴边连句声都发不出。

两人相处了二十一分钟，小可有很多个机会说“你好”，愣是全错过了。小可听着皮鞋与石板砖碰撞的声音越来越远，懊悔不已，给闺密发了个哭脸的表情。

闺密早猜到了，一个伟大的战略家会考虑所有可能，猫永远是猫，别看敢摔家里杯子，见着外人只会躲床底。

闺密风轻云淡地说：“转身回去追上，这个时间路上没人，用第三套预设的搭讪模板。别退缩，再退缩后悔一辈子。”

小可不想后悔一辈子。她立刻转身，猛地看见男生就在她身后。她这一转，两人面对面了。

男生随意笑了笑就把小可的电话号码要走了，顺便还把自己的电话号码给了她。

再伟大的战略家也没猜到这一环。

小可整天人都是蒙的，下班回了家就守着手机。

男生说晚上打给她，而她并不知道事情会以什么方式展开。闺密也不知道，两人都猜不到下一步会怎么样，一个抱着无比忐忑的心情，另一个抱着巨大的好奇心。

闺密问小可：“你准备好脱单了吗？”

小可不明白：“这还需要准备什么？”

闺密说：“不知道，我就是不知道说什么。”

晚上九点，男生的电话终于打了过来。

“你好，我是和你坐同一辆公交车上班的男生，早晨交换了电话，记得吗？”

男生这样的开场，小可不知道该怎么回应，于是说了句：“嗯，你有什么事？”小可想，他会借机直接表白吗？还是打算先当朋友接触一下试试？毕竟两个人还不熟。其实后面这个选择好点吧，两个人先相互了解，有利于走得长远，表白又不着急……

男生说：“是这样，可能比较冒昧，但我还是想问一问。”

小可把思路拽回来，在心里说了无数遍“我没有男朋友”，然后说：“你问。”

男生说：“请问人寿保险、意外险要了解一下吗？我们最近有优惠的，特别适合您这种职业女性。您看我也住附近，整天坐公交跑业务，您要是有需要，又愿意了解的话就帮大忙了。”

和好

李方跟前女友面对面坐着，两人都觉得尴尬。

李方问她："你最近……过得好吗？"

前女友说："这才半个月。"

李方只能挠挠头。

半个月前，两人大吵一架分手，当时彼此都没挽留，事后也没再联系。

这两天李方忽然找到女孩，约出来见一面。

不为别的，就琢磨着道个歉。

李方深吸一口气："我过来是想说，之前我做得不对，现在我明白自己有多烦人了。"

前女友："那真不容易。"

李方："难为你忍了这么久，我以后不这样了，一准能改。"

前女友："算了吧。"

李方没明白："什么算了？"

前女友："不想跟你和好。"

李方垂头丧气："明白，我要是你，我也不和好。"

李方的毛病说大不大，说小也不小。他太喜欢抱怨，嘴里整天嘟囔着抱怨的话，没见过开心的模样。悲天悯人用不对地方，全用在聊天上。

女孩白天上班本来就累，回家后还要听李方吐苦水，接满满的负能量，宛如一个垃圾桶。

李方："现在我知道问题在哪儿，跟谁都不吐苦水了。"

前女友一想，这还是极端：“没不让你说，以前是负能量频率太高。”

李方点头：“是，我知道。”

前女友叹气：“分手前你能稍微忍忍该多好。”

李方就说：“以前我总想着，谈恋爱应该做自己。那自己心里确实苦，确实想抱怨，忍回去不就成演戏了吗？两人奔着长久谈的恋爱，弄成互相飙演技作假，那还叫恋爱吗？”

但现在李方想，活着本身就是演戏，不恋爱也在演，恋爱只是生活的一部分。

前女友说：“谁都不能当一辈子的垃圾桶。”

李方点头：“是这个道理，你是个好女孩，犯不着在我这儿耽误。”

前女友赶紧说：“没这个意思，你人挺好的，你要能改掉爱抱怨的问题，其实……”

李方又说：“我这两个礼拜没见你，想的全是以前和你谈恋爱的画面，晚上睡不着我就起来在屋子里发呆，哪儿都有关于你的回忆，到处都是，满屋子飘。”

前女友说：“嗯，我在那儿也住了挺久。”

李方说：“去上卫生间吧，我以前卷纸横着放，你偏要竖着，现如今我竖着用习惯了，横不过来，横过来手都不知道往哪儿放。

“去厨房吧，挺多东西不知道被你收拾到哪儿去了，保鲜膜我都找了三天。

“你知道吗，我找到了才知道，哦，原来你是放在这儿，以前我都是直接喊你帮我拿的，现在喊你，屋里没人回我了。”

前女友也说：“还说呢，当初喊我就不该理你，你用的借口是什么？放太矮了拿的时候容易腰疼。”

李方说：“是，现在我知道在哪儿了，我们换过来，低处的我帮你拿，等高处的我够不到了你再帮我拿。”

两人对着笑了。

以前两人也是这么对着笑的，笑了好几年。

前女友说："我也有不对的地方，我该多包容你的。"

李方摇头："不是，怪我。"

前女友又问："那假设我们和好……以后你准备怎么办啊？"

李方清清嗓子："说到和好，我就想起我之前犯的错，明年年初，如果我们能和好，我将扮演乐观的自己，努力创造一个正能量的形象，文体两开花，弘扬中华文化，希望你能多多关注。"

[老人和机器人]

世界上最后一个人类躺在床上，他的床边是个女性机器人。机器人身怀任务，它要观察人类这个濒危物种，并研究他们的思想。

现在任务即将结束，人类太老了，他正在等待死亡。机器人不懂什么是死亡，它不会死，机器可以不断迭代升级，她对死亡很好奇。

老人的床正对着夕阳，机器人握着他的手，两个人注视着慢慢落下的太阳。老人说："有你在身边，我面对死亡也很安心，谢谢你陪着我。"

机器人表示这是它的职责。

"职责，"老人念叨着这个词，说，"你一点都无法理解人类拥有的情感吗？"

机器人摇摇头，然后问他现在正想什么。

老人说："我在想我们第一次见面，你来到我家里，我说你看，这里是你的新家，从今天开始，你和我都有家人了。这里将是我们共同度过一生的地方。"

机器人纠正："这还不是我的一生。"

老人又说："你记得我那次住院吗？我以为我的腿再也不能动了，哭得很厉害。是你抱着我，安慰我，说我不会有事的，那天你身上有玫瑰花的味道，后来我再也没闻到过那个味道。"

机器人说："当时你有百分之七十二的概率康复。那是洗衣粉的味道，那个牌子性价比很低，我换了牌子。"

老人还在回忆："我还记得你第一次做早餐，有点煳，火大了吧，其实也很好。当人类数量还多的时候，这种事经常发生。我吃下去了，味道并不差，还勾起了我的回忆。那时候我想，你和人类一样呀，也会犯错，也有小失误，我容忍你，你也容忍我，我们像一对情侣。”

机器人没有说话，那次是它出现了很严重的系统故障导致的。

老人说：“我马上要死了吗？”

机器人说：“十分钟内死亡的概率大于百分之九十。”

老人说：“我挺舍不得你的，你陪伴了我这么久，我把你视作我的家人，而你也愿意陪着我这么一个老人，临走也没好东西留给你。”

机器人说：“我们有合同的。”

老人笑了，把自己笑得咳嗽，说：“你或许不懂，但陪伴对人类来说，真是好重要的一件事，人类的陪伴是两个人分享同一段生命，你带给了我巨大的幸福。”

机器人和老人握着手。

夕阳正在慢慢落下，老人的生命体征也在渐渐消失。

机器人说：“但我还没研究明白人类，我的任务要失败了。”

老人用最后的力气说：“我给你留了礼物，在盒子里，或许你能在里面找到答案。”

老人死了。机器人在盒子里找到那个机器，按下按钮。

老人的声音传出来：“嗨，你听到这个声音时我应该死了，人是很容易死的生物，不要悲伤。虽然你并非人类，但你依旧是我唯一的挂念。我爱你，你不懂也没关系。”

机器人反复听着老人的声音，老人说答案就在这里面，但它感受不到。忽然它恍然大悟：原来人类的本质是一台复读机。

[小马]

李方早晨挤地铁的时候，心脏有一阵跳得很快，他没当回事。

赶着上班嘛。生活太繁重了，许多事，发生了只能当没发生。

就像他和异地恋女友的感情。破裂了吧，他想，能把感情放在水盆里才好，看有没有气泡浮上来。早就破裂了，从那次她送自己裤子，但自己不太喜欢开始。

地铁门打开，李方往外挤了两步，心跳又快起来。忽然他眼前一黑，失去了对身体的控制，像沉入了黑暗。

加班太久了吧。李方沉在黑暗里，还在这么想着。

他想到了那条裤子，穿起来像骑着一匹小马，网上火过一阵，他就收到了这样的礼物。

扑通！李方听到声音，不知道是自己摔在地上，还是心脏在跳。不会就这样死了吧？这个念头像闪电般从他脑子里闪过。

——如果就这么死了，还没来得及和她道别呢。

不过也好。真要道别也不知道说什么。哪有什么可说的，说上次一起吃的蛋糕不错？

那蛋糕确实不错，但咖啡不太好，太苦了。

晚上去吃的烤肉也不行，油太重，吃起来腻。当时他没说，想着反正她开心，不如不说。

有点遗憾啊，也不知道她是不是真的开心。可能她也以为我吃得开心，故意忍着没说吧。毕竟是等了好久才能一起吃顿饭。

互相吐槽一下，说不定能相互看着大笑，笑到饭店老板都觉得尴尬。好想和她抱着一起大笑啊。

还有什么可道别的呢？李方想，似乎想不出来，异地恋总没什么话可说。但自己还有想做的事。李方想和女朋友一起晾衣服。真是一点都不浪漫，临死想的居然是一起晾衣服。但想想就很令人向往。

看她把衣服从洗衣机里拿出来，摆在盆里，拿着衣架去阳台，然后抱怨晾衣绳太高了，仰头很累，也不容易够到。自己再过去，把所有东西接过来，假装不知道她要偷懒。

就好像一起吃饭，假装自己吃得很开心，然后什么都不说，等没人的时候再一起吐槽，哈哈大笑。反正只要不是异地恋就好。

对了，还有要说的话。

应该告诉她，她笑起来其实不好看，以后还是少大笑，抿嘴笑更好看，更温柔。

以前他不敢说，但现在无所谓了吧。

千万别送裤子了，那种裤子谁敢穿出去啊。不过他还挺喜欢的，自己应该告诉她这个："我挺喜欢的，你别不开心，那只小马很可爱。"

——你也很可爱。但我找不到那只小马了，我记得我把它晾在阳台上，后来不见了，要是你在这里就好了，还能陪我一起找找。

异地恋就这么烦人。

好想你啊。

李方趴在地上，昏迷不醒，周围围了一圈人。

外面的人忽然喊："这哥们是不是还在说话呢？"

最里面的人把耳朵贴近了，又抬起头来。

外面的人问："他在说什么呢？"

最里面的人说："听不清，他好像说他妈呢。"

表姐

寒假时候，小可家来了个远房表姐作客，爸妈一直夸表姐，说：“表姐成绩可好了，阳光积极，考的大学也好，成熟又懂礼貌。小可，你马上高考了，得多跟人家学习。”

小可就很烦。小可烦起来宁愿什么都不懂，爸妈想让自己学表姐，她偏要反着来。所以小可整个假期都在打游戏。

但表姐真的很阳光，连看见她打游戏都跑过来说：“哇，你玩得真好，肯定能赢。”

小可就输了。故意输的。

表姐又说：“那下局一定能赢，我相信你。”小可下把还是输。

开学前也是，作业可能写不完，小可被爸妈教训，说：“你怎么不跟表姐学学，整天就知道打游戏，以后不许打了。”

表姐过来打圆场说：“小可这么聪明，抓紧点就写得完，我相信她。”

小可接下来整天对着作业发呆，什么都不写，玩不了游戏也不写。

小可不想有个榜样在这儿，不想时时刻刻被比较，更不想向谁学习，那样似乎衬托得自己很差。

自己很差吗？是有一点差。

爸妈这么认为，小可也不否认。

开学以后，小可面临高考。高考时间一天天临近，她慢慢开始害怕。父母给了她很大的压力，整天和她说：“你要加油啊，你看你表姐多厉害，你要考好，知道吗？”

同学也给她压力，一个个全充满斗志。小可不想要这种压力。但有一部分压力来自她自己。小可每天都想："我如果没考好怎么办，父母会生气吧？然后又拿自己跟表姐比较。她是优秀的人，而我是垃圾，恐怕这辈子都要被比较。"

表姐专门打电话给她。小可不想接。

小可担心失败，尤其是她真的可能会失败。但父母怎么会同意她不接电话。倒是表姐在电话里说："你这么聪明，不用担心，正常发挥就能考好，我相信你。"

小可发现，表姐一直说相信自己。爸妈总不信，自己也不信。所有人都让她去学表姐，但表姐倒是说信她。原来这个榜样才是唯一支持自己的人。

小可不是很认可这种信任，但这确实是唯一的。

那天小可和表姐说了很多话。说到父母制造的巨大压力，说自己的不自信，也说不想被拿去比较，担心会失败。

表姐说："我能理解你，人这种生物很脆弱，一定要抱团才能取暖，我每次受到压力就想，如果有个人能支持我就好了，但我没这个机会，所有人只会给我强塞期盼。你不一样，你还有我，你不是一个人走在路上，我永远在你身后，支持着你。"

表姐说："安心复习吧，你一定可以。"

这些话给了小可很大的勇气。表姐相信自己，站在自己这边，前路虽然艰难，但至少以后不是她孤零零一个人面对了。小可心里暖暖的。

直到高考那天，她心里还是暖暖的。

高考完的那个暑假，成绩出来，小可考得不错，虽然不如表姐那么出色，但相比起以往成绩算优秀了。

父母破天荒地没有拿她跟表姐比较，而是夸赞她的进步。

小可很开心，去和表姐说："那时只有你相信我能考好，但我不明白，你为什么如此信我？"

表姐说："不因为别的，既然姐姐可以，那妹妹也一样可以。"

燕子和螺丝钉

开春，燕子北归。一只老燕子飞不动了，落在房檐上，又摔到窗台。其他燕子没有停歇，乌泱泱继续往北。

窗台上有只螺丝钉，问燕子说："嘿，你往哪儿去？"

老燕子没理螺丝钉，它挣扎着想起来，跟上回家的大部队，但它老了，翅膀变得僵硬，羽毛沉重，飞不起来。

螺丝钉又问了一遍。老燕子喘着粗气说："飞走，离开这儿，飞回去。"

老燕子铆足了劲，飞起来，又摔下，落在窗台上一声闷响。

螺丝钉说："干吗要飞呢？我在这里待了一辈子，这里就挺好。"

老燕子躺在窗台上，它需要休息，积攒力气。天空已经看不到其他燕子，全走了，都在回家的路上。

可自己还能回得去吗？

老燕子说："我要回家，不飞起来，我回不了家。"

螺丝钉问："家是什么？"

螺丝钉没有家的概念。但对燕子来说，家是一个具体的东西。

老燕子的家在北方一个屋檐底下，兄弟两个，当时是好时候，它们筑巢的那家人不仅不摘巢，还送吃的。

老燕子最小，在家里受宠，母亲找食物回来，总是先喂给它。那是一段快乐的日子，但这一家燕子，现在只剩它自己了。

老燕子说："家是什么呢，家是兄弟俩挤在一起，我妈带着虫子返巢，我们一起出去玩，一起回来，我们聊心里话，这个是家。”

螺丝钉看着老燕子用力挥动翅膀。但老燕子还没准备好，它又一次飞起，然后落下，摔出闷响。

或许它无法准备好了，它太老了，飞不动了。这件事老燕子自己也知道。

“我得回去，我一定得回家。”老燕子说。它不会承认自己回不去这件事的，它一定要回家看看。

螺丝钉诚恳地建议老燕子，还是好好休息吧。

家对螺丝钉来说无意义，它认为不需要这样拼命，更不理解，为什么要对回家有如此深的执念。

老燕子也不知道自己的执念来源于哪儿。家里已经没人了，全没了，但它想：万一呢，得回去才知道。它感觉自己快死了。它希望能死在那个屋檐下的巢里，和家人在一起。

老燕子还记得跟母亲见的最后一面。那时候它不知道会是最后一面。

母亲找过来跟它说，哥哥家的孩子全饿死了，住的地方找不到吃的。实在没有办法，现在只有老燕子活得还不错，想让老燕子帮衬一下。老燕子是答应下来了，但它没做出什么举动。

老燕子跟螺丝钉说：“我这边也一大家子，有上顿没下顿的。年景始终很差，去不成。再后来我让人去找过，但没找到，我从那以后再没见过它们。”

螺丝钉说：“你肯定很后悔。”

老燕子说：“后悔，特别后悔，我该去看看它们的，把它们接过来一起住，可能苦点，最起码心里安生。现在我不安生。我想它们，我想回去看看，说不定它们还活着，就在等我回屋檐下的巢里，我们在那里有回忆。”

螺丝钉大彻大悟，说：“原来家就是对亲人的怀念，亲人留下回忆的地方就是家，我懂了。”

老燕子还在尝试飞起，但一次次失败。最终它扇不动翅膀了。

它还是不愿意面对那个残忍的真相：它可能再也回不了家了，家人也都不在了。

螺丝钉在念叨自己懂了。老燕子想，螺丝钉怎么会懂呢，它又没有辜负谁的期望，也没有和谁分别过，它始终钉在这里，连做错事去后悔的余地都没有。

老燕子说螺丝钉："你不懂的，你又没家人。"

螺丝钉喊："瞎说。"

它伸手一指旁边生锈的螺母："我妈可一直在这儿呢。"

特殊世界

李方一觉醒来，来到了一个特殊的世界。

这个世界的人都中了诅咒，失去了说话的能力，成了哑巴。

他们经常聚在一起，用手势和写字来讨论各自成为哑巴的原因。在李方看来，自己成为哑巴的原因是显而易见的，那是自卑带来的诅咒。

“我喜欢上了一个太耀眼的女孩。”李方在桌子上写，“她漂亮又优雅，像一只白天鹅，在我心中高不可攀。”

李方把一只手举得高高的，来比画女孩在他心里的地位。

坐在他对面的是王大明。此时他们两个人正在分享各自被诅咒的故事。

王大明聚精会神地听着这个可怜人的讲述。

“你再看看我。”李方指着自己，“又丑又穷，甚至连个丑小鸭都算不上。我是这么的……这么的……”李方另一只手放得很低。

王大明拍了拍他，表示宽慰。他懂。谁还没爱过一个自己配不上的人呢。在这种耀眼的人面前，谁都免不了卑微得像是哑巴。

李方继续写：“我第一次遇见她，是在电影院兼职的时候，她从我面前走过。那一刻我好像见到了神，她那么耀眼，闪着光。本来我做兼职，每周去两天就好，但我每天都待在那里，她来了我想陪着她，她不在我想等她来。我也没跟她说过一次话。我甚至不敢靠近她，她实在是……我只是远远地看着她，她也没注意到过我。”

王大明在桌子上写：“那你是怎么成为哑巴的？”

李方的眼神更加黯淡了：“后来的一个周六，我听说，那天会是她来的最后一天，她要去别的地方生活。然后我想……如果这是我最后一次见到她，那我，我最起码要和她说说话。随便说点什么，哪怕是一句‘你好’，我从来没有这么想和一个人说话。但我还是不敢，她实在是太耀眼了。”

王大明又问：“那你最终成功了吗？”

李方深吸了一口气：“后来我鼓起全身的力量走到她面前，她注意到了我，对着我微笑。”

李方摇头：“那是我见过的最美的微笑，我想告诉她那一刻我心里的想法，你的笑是我见过的最美的微笑，我想告诉她。

“但我没能说出一个字。我怎么能不讲话呢，那明明是最后一面了。但我就是不行。”李方不断地摇头，“一个字都说不出来。”

“于是我跑掉了，落荒而逃。我对自己好失望，之后我就不能讲话了，也再没见过她。”

李方讲完了自己的故事，趴在桌子上哭泣。

爱情是既能给人力量，也能让人失去力量的东西。王大明不知道怎么安慰李方，只能等待。李方也只能等待，等这份失落在心中慢慢退散。

李方又问王大明：“你呢，你是中了什么诅咒？”

王大明的嘴角泛起苦笑。

“那是一个春天，事情也与电影院有关，但我与你正好相反，我说了太多话。”王大明叹息。

“那天我剧透了《复仇者联盟4》，剧透的人都变成了哑巴。”

国王催婚

很久很久以前，有一个公主还没到适婚年龄，国王就开始计划她的婚事。公主很疑惑，她不知道为什么父亲这么着急。

国王对此的答案是："你的婚姻关系着我的荣誉，一定要尽早准备。"

公主不明白，也不喜欢这样。她希望她的婚姻是——和喜欢的人，用一种喜欢的方式度过一生，而不是捆绑着国王的荣誉和利益，急急忙忙地，像一枚棋子一样嫁出去。

她很伤心。但在那个时代，跟国王讲道理是没用的。

国王颁布了一条命令，全国所有的适龄男性，都要来参加公主的结婚考核。考核十分严苛，所有参赛人员要在日出之时从城门出发，跑向山顶，再跑回来。在日落之前，第一个跑回城门的人就可以成为驸马。

考核持续了好多天，没有任何人通过。因为这个考核标准定得太高了，城门到山顶太远，根本没有人可以在日落前从山顶回来。

公主的内心稍微得到了安慰，虽然自己还是一枚棋子，但最起码父亲态度是严谨的，他没有随便定出几个规则，然后随便把自己嫁出去。可她还是不理解，为什么父亲对她的婚姻如此着急。

"这关系到我的胜利。"国王给出的解释依旧模糊。

公主听了很痛苦。她觉得父亲太自私了。在她看来，这件事不该和其他任何人有关。她不喜欢这样。

考核一直进行着，但这个考核太难了。

直到一个月之后，迎来了一个夏至日，那天太阳落山很晚。终于有一个年轻人成功在日落之前，从山顶跑了回来。

整个王国都轰动了，公主的婚姻大事得到解决。国王也很开心。

但这个年轻人是痴呆，口水从嘴里一直滴到地上。他只知道走路，不知道疲惫，所以才能胜出。他甚至都不知道什么是婚姻。

公主去找国王，说：“你早早地谋划我的婚姻，设定考核，就是要我嫁给一个傻子吗？”

国王说：“不，我想要的是这场考核的冠军，你不用跟他结婚。”

公主不明白了，征婚只是个借口，国王想要骗一个傻子过来。

可为什么呢？原因只有国王知道。

冠军被留在了王宫里。国王拍着年轻人的肩膀，很欣慰。

“荣誉啊，”国王一直重复这句话，指着年轻人大笑，说，“他就是我的荣誉啊，我太想要一场胜利了。”然后把手机挂在了年轻人脖子上。

从此，国王在运动步数排行榜上再也没输过。

心爱

李方受到了一个诅咒。

诅咒上说，每一天，他都要与自己心爱的事物分别。

李方不相信，也不太在乎。他觉得自己并不怎么热爱这个世界，无论和什么东西分别，都算不上损失。

第一天到来，李方种的仙人掌惨遭渴死。

早晨仙人掌还生机勃勃的，中午的时候就发黄了。

晚上再看，已经发展到从内到外干枯，稍微碰一下，整根“咔嚓”一下断裂。

第二天是家里养的小乌龟惨死，和仙人掌同样的命运。

早晨小龟还精力旺盛地在盆里爬来爬去，晚上再看已经不动了。

医生告诉李方，这只龟是饿死的，一般来说饿死它要几年，但这次只用了一天。

于是李方相信了。诅咒是真的，他每天都要与心中所爱分别，这件事无法挽回。

而且他不能预料下一个遭殃的是什么。

李方意识到，自己只能尽可能不去爱任何东西，变成一台没有感情的机器。

先于诅咒与自己的所爱分开，才可以让它们幸存。

于是在第三天，李方约了女朋友出来分手。

他们坐在一个人来人往的商场里。

女生对诅咒这种事不屑一顾，她不相信诅咒，觉得诅咒像是编出来的谎话。

“为了分个手，连这种话都编出来了？”女朋友这样说，语气里很多鄙夷。李方点点头。

实际上李方一直以为，像自己这种不热爱生活的人，面对诅咒是无所谓的。

但其实不是。许多的爱，连他自己都没意识到，一直浓烈地藏在心底。他爱女朋友，不希望她受到任何伤害。

所以李方说：“对啊，这次编得不太好，但懒得编新的了，就这样吧。”

女生还以为他在开玩笑：“哟，没看出来，你还是个渣男。”

李方又说：“那个仙人掌我扔了，我们刚认识的时候种的那颗，你也别跟我要它了。”

女生怒目而视：“你是真的要分手？”

李方说：“小南……就你取名字的那只龟，叫小南的那只，我也……我也给弄死扔了，你别……”

女生一巴掌扇在他的脸上，愤然离席。

李方摸了摸自己的脸，在人来人往的商场里哭了出来。

他哭得好大声，周围所有人都在看他，但李方无所谓了。

他失去了去爱的资格。

他真的失去了一切。

他用这天剩下的时间，与自己的家人、朋友等心爱的一切告别。

第四天李方坐在家里，等了一整天。

他认为这个世界上，再也没有他所热爱的事物了。他在等，等着诅咒生效，看还能带走什么。

他从早晨坐到中午，再从中午到深夜，这一天什么都没发生，风平浪静。

时间一分一秒过去，李方盯着手表，直到时针走过“12”。

这一天真的结束了，而自己没有失去任何东西。

李方不明白，直到他看见日期，才恍然大悟。

这天是五月五日，他失去了自己心爱的五一小长假。

[画皮]

以前有个书生，和一只画皮妖住在山里。

画皮妖擅长绘画，给自己描绘皮囊，能够装作人类，谁都分辨不出来。

本来这妖怪是装作年轻女子，去谋害书生的。没想到一人一妖日久生情，画皮妖最终竟然不忍下手，反而和书生安安生生过起了日子。

其他的妖怪看不下去了，生而为妖，哪能不害人呢，这是忘本啊。于是妖怪们就把两人驱赶到了山里，降低一人一妖的生活质量。

结果一人一妖愣是在山里住了四十多年。书生垂垂老矣，画皮妖还是年轻女子的样子，眉目含情，婀娜多姿，但总是愁眉不展。

妖怪们有个聚会的惯例，每六十年聚一次。老书生知道这件事，算着日子将近了，就想劝画皮妖去参加。

虽然他自己没几年好活了，但画皮妖是妖，还有漫长的日子要过，免不了要和妖怪打交道，早点恢复关系，有利于日后发展。但画皮妖说："我决定不杀你那天，就已经被同族妖怪们嫌弃，这聚会不能去的。"

老书生就说："这么多年了，妖怪都是一家人，哪有跟家人永不见面的道理，他们应该也原谅你了。"

画皮妖摇头："妖怪群体很偏执，断然不能去，你别说了。"

但书生还是想劝，只不过换了个方法。老书生总是念叨身体不行了，说什么腿脚不好了，这个心肺功能不好，那个关节痛之类的。

画皮妖是妖怪，修炼多年，知道人的寿命不长。她早想到了，他们的分别是注定的。

离这个注定分别的时间越近，她就越难过，眼睁睁看着一切走向终点，却无能为力。

画皮妖不许他乱说。老书生说：“我死之后，你总归要回到妖怪的群体里。”于是画皮妖也不许他说死这件事。

老书生就笑着说：“我读了一辈子书，没读出什么成就，但在生死这件事上还算豁达，人世间走一趟几十年，重要的是经历了什么风景，而不是总归会来的终点。能遇见你，并在山里厮守到老，是我一生中最美的风景。现在我的路走完了，但你还没有，你要去经历更多的风景，而不是困在我这里。”

老书生握着画皮妖的手说：“与家人和解吧。”

画皮妖的眼眶红红的，一言不发。

老书生又说：“再说，我也有私心，我还没见过群妖聚会呢，我想陪你去，见见世面。”

画皮妖吓一跳，连忙说：“很危险的，你怎么去？从没人类去过。”

老书生说：“也从没妖陪着穷书生住山里呀。之前总是你陪我，也该我陪你走一段路了。”

画皮妖便不说话了。

之后几天，画皮妖一直躲在屋子里。

群妖聚会那天，一妖一人前往妖的盛会。

当时全场是伪装成年轻人的妖怪，个个漂亮妩媚，用尽力气去妖艳。

只有一男一女，男人作书生打扮，白须白发，已经是老人了。

与他一起来的女子，也是满头华发，皱纹满脸，牙齿稀落。她亲手画了一张老人的皮，陪着书生一起以老人的样子参加聚会。

周边妖怪就很疑惑：“她这什么造型啊？”

另一个妖怪说：“嗯……可能是，情人节限定皮肤吧。”

[一个叔叔]

张可可今年三十多岁，此刻站在家里，有一点紧张。

晚上十点了，自己喊的人马上会过来。

按理说她该紧张的，但她觉得自己的紧张毫无道理。她早就确定过老公的行程，中午就打电话问过，老公晚上加班，肯定加班。刚刚她还打了电话，问他晚上几点回来。

老公说：“早着呢，快也得后半夜，要是太晚可能就不回去了，在会议室对付着睡一下。”

后半夜，还早呢，时间足够。怎么也应该是放心的。自己有足够的时间来做完一切，然后收拾好，不留下任何证据。

她跟家里孩子也嘱咐了，孩子还小，什么都不懂，不知道自己在干什么。但出于保险起见，她还是教了一下孩子。

“一会儿过来个叔叔，你就当没看见，别跟爸爸说。”

孩子懵懂地点头。

“爸爸如果问了，你怎么说？”

孩子被张可可教了无数次，老实回答：“就说妈妈早就休息了，今晚没人来。”

“乖。”张可可拍了拍孩子的头。

她心里稍微放松了一点，但还是紧张。太久没做过这种事了。

多久了？

好像结婚后就再没做过，尤其是有了孩子之后，更是不敢了。

张可可照着镜子，看着里面的自己，还摆了一下造型。自己的身材还很好，生完孩子稍微走样了一点，但其实还是很好，只有老公觉得不够苗条。已经这个年纪了，她没法变得更瘦。

本来这种事一直可以做，但她一直忍着，主要是为了照顾老公的情绪。既然这次他不知道，又只有这一次，她觉得无所谓。

张可可这么劝自己，让自己深呼吸。

“咚咚咚——”

张可可听到敲门的声音，知道是那个人来了。

张可可再次嘱咐孩子：“别跟爸爸说，爸爸知道了肯定不开心，即使问也要说今晚没人来，妈妈很早就休息了。”

孩子点头。

打开门，外面是一个男人。男人对着张可可微笑。

男人说：“您的炸鸡外卖，祝您用餐愉快，深夜配送比较麻烦，请给个五星好评。”

高考

李方今年高考，7号上午考完第一科，他觉得自己没发挥好，出考场的时候脸色有点阴沉。题太难了，卷子他没写完。这一下子不知道白丢多少分。

李方看着站在门口的父亲，有点不知道怎么面对。

爸爸看他出来，还特意问了句：“考得怎么样？”

李方没直接回答，一直闷着，等到了家门口才说：“今年这个考试吧，成绩可能会不太理想，我自己没发挥好。”

爸爸安慰他说：“没事的，不过是场考试，平常心。”

爸爸太坦然，李方心里就有些过意不去。

全家都为他高考做了许久的准备，父亲还特意请了假来接送他，这让他有种对不起家里人的感觉。

李方就说：“那今年没考好，该怎么办啊？”

爸爸说：“这不刚一科，你怕什么？下午好好考，没事。题难你同学也做不完，保持好心态。”一句责备都没有。

可越是一句责备没有，李方心里越是难受。而且李方觉得，爸爸的状态似乎不太对。

下午再出门去考场，李方就察觉出来了，爸爸的脸色比自己还差，黑着脸，眉头锁着，表情颇为严肃。李方在心里默默叹了口气。

倒是下午的考试异常顺利，题答得很舒服，考完李方很开心，蹦着出的校门。

校门口，父亲在那里等着他，笑着跟他说：“是不是考得挺好？”

李方说："下午确实不错。"

父亲笑着说："你看，保持良好心态很重要，面对考试就要平常心。"

但在李方眼里，父亲这个笑不是很坦然，因为他的眉头还是皱着。虽然不算是挤出来的笑，但李方总觉得父亲心里有事。

坐车回家的时候，李方心里一直在琢磨。看来上午他说自己没考好，给父亲心里留下印子了。成年人的情绪藏得很深，虽然父亲一句也没责备自己，但他现在还心情不好呢。

何况这是高考，每场考试在高考里都很重要，谁又能真的不在乎。但李方不希望父亲心情不好。

他不希望自己的考试，给家里人带来情绪上的负担。于是到家门口的时候，李方就说："爸，我其实上午考得还行，我又问了问同学，别人真没做完，大家分数差不了太多。"

父亲点点头说："你看，我跟你说不要担心，保持好心态，现在心态很重要。"

李方一听，心想：果然，父亲怕自己心态不好，始终默默忍着。

李方就说："我这次考得还行，你看我已经没事了，你也别担心了。"

父亲说："嗯？我没担心，你平常心面对考试。"

李方问："那你愁眉不展的，是怎么了？"

父亲说："唉，你高考复习没看新闻，昨晚林志玲结婚了，唉……"

宇航员的爱情

宇航员离开地球许多年了。

他和一个外星女孩，正沿着星际高速旅行。

宇航员觉得挺浪漫的。两人乘着同一艘飞船，行驶在宇宙里，在星球间流浪，和遇见的所有生命体打招呼。

外星女孩是他在路上认识的。但时间久了，有一个不可避免的问题。

“我要回去了。”女孩说。

那天他们在荒野中的一个酒馆。

这里沉浸在永恒的黑夜里，星空是唯一的光。

宇航员说：“我也想回家了，要不我先陪你回去？”

外星女孩摇头：“就此别过吧。”

“别。”宇航员说，“要不先去地球看看？”

“对地球没什么兴趣。”

那天酒馆里空空荡荡的，只有台老旧的电子音响还在放着音乐。音乐很悠扬，带着一点点悲伤。

“下次再一起出来玩？”宇航员尝试着问。

外星女孩又摇了摇头：“太麻烦，我们的星球隔得那么远，很难遇得上。”宇航员有点难过，说：“那以后……”

“你就忘了我嘛。”外星女孩说，“旅行就是这样啦，走一段路，认识几个人，然后走下一段路，把之前的人忘掉，去认识新的人。”

宇航员说：“要不你把你家坐标发给我，我过些日子去找你。”

外星女孩笑了："你真的该把我忘啦。"

宇航员说："我还挺喜欢你的。"

外星女孩听着音乐，手指轻轻地在膝盖上打着节拍。

宇航员说："我以前看过一部电视剧，拍的是地球上的事，也是两个人，他们连着三次坐了同一架飞机，座位挨着，然后他们就……"

宇航员说到一半不说了。外星女孩问："然后呢？"

宇航员说："忘记了，可能是相恋了。"

外星女孩就说："恋人也只是熟一点的路人，有什么区别呢？"

外星女孩摇头："人生本就是一直往前走，走到下一段，就把之前认识的人忘掉，没有区别。"

他们那天喝了很多酒。宇航员喝着喝着睡着了。再醒来的时候，外面依旧是那个永恒的黑夜，没有丝毫变化。

外星女孩已经不见了。她回到了家乡，两个人从此相隔一片空旷的宇宙。宇航员也孤独地回了地球。

地球上也有酒，也有路，也有可以去旅行的地方。但他找不到那样一个女孩，让他愿意和她一起在宇宙的荒野上喝酒。

直到有一天，他在街上看到了一个熟悉的人，那人伸手拦了一下自己。

宇航员说："上次邀请你来，你还说不过来的。"

"后来我想明白了，有些事，即使过去了，也还是忘不了的。"外星女孩说，"我特意来找你的。"

外星女孩的脸有点红。

能穿过这么广阔的宇宙过来，本来就说明了她的心意。

"我实在是想知道结局……"女孩说，"但电视剧是会员专享，能把网站会员借我吗？"

光速

李方站在巨大的发射平台上，深吸一口气，内心很激动。

他面前是一台能够光速行驶的飞船。

再过半个小时，他就将成为历史上首个光速移动的人类。他将从地球出发，飞到月球，然后再回来。

但这都是计划，没人知道他还能不能回来。因为没人知道达到光速之后是什么景象。

时间真的会停止吗？万一大家都想错了怎么办？甚至李方自己也想过，如果有机会能超越光速，说不定真能回到过去。

这两天他就拿这件事跟妻子开玩笑。

妻子去年丢过一辆自行车，在菜市场买菜的时候，锁在门口让人给撬了锁。她对这件事耿耿于怀。

李方总说，要是有机会就回去看看，看看到底是谁偷的自行车，或许还能找回来。

但这种笑话妻子从来不笑。她对这件事只有担心。她怕李方出危险，别真的回不来了。

回到过去是挺喜剧，但如果人没回来，对这个家来说就是最大的悲剧。

所以在送行的时候，妻子一直念叨：“别做什么危险的事，稳稳当当地回来，我就在这里等你，千万别让我等太久。”

李方满口答应。科学研究，他本来也不敢瞎做什么。

但比起担心，他心里的激动更多一点，毕竟他要创造历史，带给人类真相。直到坐进驾驶舱，他的心情还是难以平复，出发的那一刻，手微微有些颤抖。他想到了和妻子第一次约会的事。当时两人都还是学生，在读大学，头一次约会去了电影院。

李方在那个年纪还很羞涩，两人全程没有交流，就这么干巴巴地看完了一场电影。

他已经忘了那天是怎么结束的。反正进电影院之前很尴尬，出来之后更加尴尬。

两人约会了三个小时，大概只说了五句话，还包括“你好”“再见”这两句。他记得那天看的是一部科幻片，讲一个人回到了过去，看见了自己年轻时候的父亲，然后引发的一些故事。

电影很有意思，像一个预言，预示他会有这么一天，坐在狭小的驾驶舱里，看着仪表上的数值不断攀升，超过人类历史上所有速度的极限，一步一步逼近光速。

好像几万年前，拿着长矛的人类把猛犸象逼到悬崖。

李方在到达光速前闭上了眼。这个行为不符合操作规范，但他还是做了，很有仪式感。

他再睁眼就是一个全新的世界，他将在空旷的宇宙里面寻找人类好奇了上千年的答案。

他内心深处真的希望，自己能够回到过去。

但现实是他没有。

已经光速运动的李方睁开眼，宇宙里只飘浮了一行字。

“您当前已达到最大限制速度，点此立即开通超级会员高速通道，飞秒加载不等待，畅享高清宇宙。”

买花

镇上有个纨绔公子哥，某天不知道怎么了，开始一箱一箱地往家里买花。家里的下人很好奇：公子从来不喜欢鲜花，这唱的是哪一出？

于是几个人去打听，原来花就是普通的鲜花，不稀罕。但全是从同一家店里买过来的。公子是看上花店的老板娘了。

某天，公子哥出门玩，在街上闲逛，正巧遇到花店老板娘提着花篮，在店门口摆弄花枝。人花映衬，也分不出哪个更艳，反正看在公子哥眼里，人比花更美，他一下就被勾了魂。纨绔公子哥追女孩经验丰富，招数也很传统，他要花钱硬砸。这招他用了许多年，鲜少失手。

每天花店刚开门，公子哥派的下人就过去了。下人直接掏钱包场，再留下一张名卡，说："我家公子约您有时间一起喝茶。"

但老板娘不领情，还跟街坊说："如此卖花，跟把花喂猪也差不多。"

后来老板娘就不卖给公子哥了，还放话，本来她开门做生意的，谁来都得卖，但从今以后，但凡公子哥家里的人来，她一概不卖了。

公子哥很奇怪，怎么砸钱不好用了。他仔细想了一下，认为是砸钱方法不对，派下人去砸显得没诚意。

于是隔了一天，他自己跑过去，准备亲手砸这个钱。

但老板娘还是不卖给他。老板娘说："我这人很理想主义，认为好花就该给爱花的人，你不是真的爱花。"

公子哥说："你去打听打听，谁不知道我天下第一爱花。"

老板娘就拿出来一朵兰花，问他："这花叫什么？"

公子哥挠头，嘴硬说：“这花太常见了，我说出来也不稀奇，你换一个不常见的。”老板娘又问：“那你知道它的花语是什么？”

公子哥反问：“什么是花语？”老板娘放下花就闭门谢客了。

结果这件事过去没半个月，公子哥家里就出了事。本来家境殷实的公子哥，家族顷刻间覆灭，他家从名号响当当的富商变成了被大家看笑话的普通人。

公子哥失去了自己的倚仗，再去花店不能成箱成箱地往家里搬了。但公子哥对老板娘的迷恋丝毫没有减退。

在很长一段时间里，公子哥依旧每天过去，但只买一朵花，还只买兰花。老板娘开始并不卖，但几个月过去，公子哥对花是越来越熟悉，老板娘和公子哥也越来越熟悉，就随他去了。

这几个月，家里的事让公子哥见到了人情冷暖，对许多事也明白过来了。他发现有些事砸钱没用，得靠真心。

公子哥现在对兰花很了解，而且了解后还有新发现，这兰花的美不仅是美在外表，也美在心里。和老板娘一样。花钱一箱一箱往家里搬是了解不到这种美的。公子哥在店里很熟稔地挑选兰花。老板娘说他：“你现在倒是有点爱花的样子了。”

公子哥反而摇头说：“我还是不爱花，和以前一样。”

公子哥又说：“我不爱花，当初也不是想买花才来你这儿的。”

老板娘低头说：“可我这儿除了花，也没别的了。”

“怎么没有，花店最美的又不是花。”公子哥笑着拿起了兰花旁边的玫瑰，“我是为了人来的。”

公子哥捏着花说：“有件事想问你许久了，只是现如今家道中落，说起来有点不好意思，但……”他手里的玫瑰和兰花交相辉映，花店老板娘的头更低了，脸也微微有点红。

公子哥说：“店里有没有满减活动呀，比如第二枝半价什么的，你看这玫瑰也不错，可我最近手头有点紧。”

[书生]

书生在河边等到上午十点，等的人还没来。书生有点伤感。

上一次他来这儿，还是三年前进京赶考。当时自己多么意气风发，路过这里，偶然结识了一位张家的小姐，两人一见钟情，他在这逗留了几个月，才依依不舍地离开。

临走前书生立下约定，说等他考中了，立刻过来娶她过门。

一晃三年过去。书生再过来这里，投了名刺进去，连着投了半个月，连大门都进不去。

直到昨天没办法了，他给管家不少银子，人家才说："三年了，我家小姐还能等你三年不成？"

"再说你也没考中个功名啊，当我们张家是什么了，小姐身边的丫鬟你都配不上。"

书生没法反驳，只好赔着笑。三年过去，他什么尊严都没了，输得一败涂地。刚到京城他住的是上档次的旅舍，当时也没心疼钱，一心盼着考中功名，再荣归故里。

三年里，书生的条件一点点变差，什么都没考上，慢慢旅舍也住不起了。看榜那天他还窝在一家农户家里，临走那夜已经缩在城隍庙里了。

但这三年来，不管书生住在哪里，每次看着月亮，想起来的都是张小姐。他和张小姐相遇在一个有月亮的晚上。

有一道跨在小河上的桥，他们在那里说了很多话。

书生又塞了一些碎银子，托管家给张小姐带个口信，说自己马上就要走了，临走前只想再见一面，要是张小姐愿意，明早七点去他们当年初遇的那座桥上相见。于是这天，书生一直在这儿等到了十点。并没有人来。

书生看着河里自己的倒影，心里很伤感。他还记得约定的那天，也是在这座桥上，张小姐的侧脸在月光下，皎洁莹白。

张小姐说：“等你考取了功名，你就快回来。”

那时候书生野心勃勃，说快则几月，慢则一年，自己肯定尽快回来。谁承想一耽误就是三年。三年过去，人家姑娘早把自己当骗子了吧。

书生在桥边站起身来。眼看要到中午了，既然人现在还没来，想必是不想见自己。当年一起在桥上赏月的那个人，之后恐怕是再也见不到了。

书生叹口气，转身想离开，却见张小姐的丫鬟款款走来。

“我家小姐不想来，托我捎句话给你，你别等了。”丫鬟开口就说。

书生缓缓叹口气，勉强想挤出个笑，但嘴角僵着，未能如愿。

丫鬟又说：“我家小姐说了，这事儿怪你。”

书生觉得自己的心跳都漏了几拍。但丫鬟说得没错呀。辜负期待的是自己，令她苦等的也是自己，更不说这个等待还没有意义。

又能怪得了谁呢？

书生只能挤出个笑，说：“是我的错，我没脸见她了，这就离开。”

“那倒不至于。”丫鬟又说，“怪你的时间约早了，小姐说中午再来找你，今天是礼拜一。”

[教学]

张可可站在门前，有点不敢敲门。

这防盗门旧得不成样子，风大点都要掉铁屑下来，她有点怕敲坏了。

这小区的门都这样。

张可可上个月毕业，在这座城市找了份工作，租房子租不起贵的，只能找个旧小区。

小区里大部分是老人，房子都破破烂烂。

现在张可可面前的这扇门里，住着一个姓李的阿姨，还算是小区里年纪偏小的，但她对张可可的意见最大，张可可知道这事儿。昨天早晨就知道了。

李阿姨被居委会任命负责垃圾分类，昨天是她负责的第一天。

张可可去扔垃圾的时候，放下垃圾刚转身，就听见了李阿姨嘀咕，说："这垃圾分类没分对吧？"

旁边的老太太说："好像不对，你看这其实是湿垃圾，混在干垃圾里面了。"

李阿姨就说："现在这年轻人，真不细心，这不给别人添麻烦吗！"

老太太说："闺女还小呢。"

李阿姨挑了个高腔："这还小呢？我在她这年纪都结婚了，她这是不知道尊重人！"

这一大段话全被张可可听见了。大清早的，这事儿闹得她心里很不舒服。

垃圾分类太麻烦，她还没完全弄明白，主要是没时间弄这个，最近她一直在加班，都没什么时间睡觉，哪有精力学。

中午的时候张可可就开始生气，觉得就不该住这小区，麻烦事太多。

再一想，她觉得自己更应该换个城市待着，没垃圾分类省多少麻烦。

这些情绪等到晚上她回小区时就没什么了。

只是回去的时候碰见李阿姨了，张可可当即就绕着走，依稀还听见李阿姨喊她，但她没理。

第二天早晨张可可再扔垃圾的时候，李阿姨还想叫住她，但张可可找了个借口。

李阿姨刚说到“小区里只有你一个年轻人，这事儿必须跟你聊聊”的时候，张可可就说上班快迟到了，然后快步走了。

张可可走是走了，心里还一直想着这件事。

事情这样不算结束。垃圾天天都要扔，李阿姨肯定会一直见到，事情这么僵着不是个办法。

于是晚上的时候，张可可站在李阿姨家门口，犹豫着要不要敲门。她想跟李阿姨好好聊聊，垃圾分类并不是大事，谈开了就好。

张可可尝试着敲了敲门。事情比她想象的要顺利。

李阿姨很和善，开门后很开心地把张可可往里迎，嘴上还说第一眼看见张可可就觉得亲切。

李阿姨还说自己女儿跟张可可差不多大，平时在外地上学，一年也就两个假期能见面，今年暑假还出去实习了，没回来。

一番话把张可可说得挺不好意思，她开始检讨，说自己垃圾分类没弄好，最近太忙了。

“这么说我想起来了，最近我一直在找你，小区里只有你一个年轻人，这事儿必须和你聊聊。”

张可可正襟危坐，开始准备听李阿姨念叨垃圾分类的重要性。

李阿姨特意拿出手机，说：“垃圾分类其实不难，就是多看多记，最主要是理解，慢慢就会了。”

然后她把手机给张可可看，但上面的东西和垃圾分类并没关系。

李阿姨说：“垃圾分类你自己慢慢学。小区里只有你一个年轻人，你先教教我，我想给周杰伦做数据刷榜，应该怎么弄？”

珍珠

李方下班回家之前，女朋友已经快不行了。

当时女朋友靠在客厅的沙发上，嘴像濒死的鱼一样开开合合。

女朋友给李方打电话，说："我的时间可能不多了。"

李方吓一跳："这是怎么了？"

女朋友说："你听我讲，我有事瞒着你。"

女朋友扶着手机，一脸憔悴地说："其实我一直没告诉你，我并不是人类，我是人鱼。我们人鱼一族，是受过诅咒的种族，只能靠珍珠来摄取海洋里的能量存活，几年前我执意离开大海来找你，导致我失去了庇佑，现在快到时间了。"

李方听着手机里的声音，皱着眉头。

女朋友说："但没关系，跟你在一起这几年，我很开心。"

李方问："现在我应该怎么办，怎么救你？"

女朋友没回答，而是问："和我在一起这几年，你开心吗？"

李方的眉头皱得更深了："一会儿我们去医院，我马上回家。"

女朋友说："你应该是不开心的吧？我做饭太难吃了，还不肯吃海鲜，你喜欢吃的菜我都不会做。"

"我们到了医院一定有办法的。"

女朋友扶着额头："只有大海的能量才能救我，外面那么热，我出不去的。据说人鱼死之后会变成泡沫，飘回大海里，重新回到珍珠旁边。如果你回来看到客厅里的泡沫，一定要好好和我道别啊。"

李方急了："肯定有办法的。"

女朋友说："你别怕，我也不怕，决定来找你那天，我就做好了心理准备。"她抬起自己的一只手，看着说："只是不知道，你喜不喜欢泡沫。"

李方对着电话要说话，但被女朋友打断了。

女朋友说："我的时间不多了，你听我讲，我不在了之后，你要好好吃饭啊。

"我做饭真的有点难吃，这两年看你都饿瘦了。

"不是人类，真的很难理解人类的烹饪技术啊。

"也是难为你了，还要假装喜欢吃我做的菜。"

李方立刻说："你做的饭不难吃的，一点都不难吃……我到底要怎么做才能救你？"

女朋友就说："只有一个办法啦，但我不舍得你去做，外面这么热，会很辛苦的。"

李方说："不辛苦，不辛苦，你跟我说，我要怎么做？"

"这个呀，"女朋友立刻精神起来，"下班回来帮我带杯奶茶，七分糖，多加珍珠，我就能靠珍珠续命了。"

剑客

小镇里有个剑客，靠打铁为生。

据说他年轻时候，曾是江湖上有名的剑客。

可人到中年，正是身强体壮的时候，他忽然退隐江湖了，住在这个小镇里，平时连剑都不碰，终日闷头打铁。谁都不知道他这么做的原因。

镇子上的人都猜测，这个剑客是惹了不得了的仇家，他对付不了，迫不得已才躲起来的。

这件事一直被大家讨论，直到一个月圆之夜，有个妇人带着孩子过来。那时候孩子已经病入膏肓，脸色苍白，说两句话就淌汗。她们是来求救的。

那晚在铁匠铺的屋子里，剑客拿出了一个旧包袱。

妇人坐在灯前说："你出去闯荡江湖的第五年，我爹就把我嫁给了张家，离我们那儿很远，后来我也没回去过。"

剑客闷头拆开包袱，里面裹着的是他的剑。

妇人说："等了你五年，乡里都说你死在外面了。"

妇人又说："嫁到张家，他们对我还行。去年那边闹病，我丈夫死了，张家其他人也死得七七八八，没办法了，我才带着孩子出来找个活路，大人管不了，但我想让孩子活下去。"

妇人说："走到这边，我找到个大夫说能治，但缺一味药引子，是朵花，在北山上。我又听说有个剑客隐居在这儿，帮人打铁，我就知道是你。"剑客把剑抽出来一点，说："你还记得？"

妇人说："记得，走之前你说，闯三年，闯出名堂就回来，我们再开个铁匠铺子。”

剑客低了低头：“北山上的是株奇花，被凶兽守着，谁都知道它在哪儿，但谁都拿不走。”

妇人说：“大夫也这么说，我……我也只能找你帮忙，想办法救孩子一命。当年是我对不起你，但孩子……”

“当年的事不怪你，是我耽搁的时间久了。”

剑客把剑推回鞘里，系在背上，说：“我回去的时候听说你早就嫁人了，就没再找你。”

剑客又说：“后来我归隐了，你不在身边，这江湖都不知道闯给谁看，挺没意思的。”

剑客伸出一只手，想摸摸妇人的脸。妇人退了两步。

妇人就说：“过去这么多年了。”

剑客自嘲地笑了笑，说：“这么多年了，你的孩子都这么大了。”

剑客又说：“孩子不太像你。”

妇人说：“更像他爹一点。”

剑客点点头，推门出去，最后说道：“北山不远，我这一去，成了的话半个月，如果你等了一个月我都没回来，就别等了。”

妇人犹犹豫豫地说：“这次我想等你。”

但她还是没有等到。一个月之后，剑客并没回来。

回来的只是一个盒子，里面装着那朵孤零零的花。

送来盒子的人说，剑客从北山下来的时候已经重伤，是他硬挺着找人把花送过来，然后没多久就咽气了。

妇人为了纪念剑客，要求后辈习武，并要在每个秋天去祭奠他。

随着时间流逝，祭奠的过程被简化，家族也不再强制要求族人习武，但还从事差不多的工作。

“而你们的体育老师，就是这个家族的人。”老师站在讲台上说，“所以大家都明白了吧？他确实有事回家去了，这节体育课改语文课。”

七夕

织女是天上的神仙。阴差阳错，她和身为普通人的牛郎谈了恋爱，结了婚，严重违反天条。王母娘娘很生气，亲自过来要把织女抓回去。

织女知道自己跑不掉，只能哀求王母娘娘，走之前让她跟丈夫道个别。

当时是一个晚上，牛郎正在屋里睡着。织女进屋把牛郎叫醒，想说她马上要回天庭了，但话到嘴边，想到这一别恐怕是永别，她就怎么也说不出口。而牛郎对此一无所知，还迷迷糊糊地劝她说："早点睡，明天我们有事要出门的。"

织女心一横说："我……我们马上……"

牛郎看着她。织女在那里吞吞吐吐。

牛郎突然一脸开心地跟她说："你是不是想说，明天是我们结婚三周年？"织女愣了一下，继而报以苦笑。

牛郎高兴地拍巴掌："我以为你忘了！"

织女说："我怎么会忘，我还想提醒你呢。"

牛郎拍了拍她的头："放心，明天的庆祝我都准备好了。"

织女又偷偷苦笑。

虽然明天是结婚三周年，但他们哪里还有明天。马上就要被带回天庭，从此跟牛郎恐怕是见不到了。

"我准备了好久。"牛郎指着天空跟她说，"毕竟是五颗星星连成一线的日子。"

牛郎感叹："生活真是奇妙啊！结婚那天是五星连线，遇见你那天也是五星连线，那天老黄牛跟我说它是神仙，还给我出主意，让我去湖边跟你搭讪。”他笑了一声，“那主意太损了，怪尴尬的，结果害我给你足足道歉半个月。”

织女说：“那片湖，我们结婚后好像再没去过。”

牛郎摇头说：“听说去年大旱，湖几乎干了，也不知道真的假的。”

织女就低了低头：“应该早点去看看的。”

牛郎就说：“你想去？我明天陪你过去看看嘛。”

织女笑着说：“好啊。”笑着笑着，眼里就闪出了泪花。

牛郎马上问她：“怎么了?”

织女摇头说：“没怎么，你早点休息。”

牛郎跟她说：“对，早点休息，明天的行程更满了。”

牛郎困得迷迷糊糊，说完又睡了过去。

但织女没有，她真的要走了。

“再见啦。”织女小声说，“好想回到遇见你的那天啊。”

织女拍了拍已经睡着的牛郎，转身离开家，跟着王母娘娘回了天庭。

牛郎第二天醒来，老黄牛告知他这件事，并要他用老牛的皮制成鞋子，赶紧去天庭找织女。但当牛郎飞上天的时候，织女被困在天庭里，无法和他见面。

织女托人带话，说，每年等五颗星连成一线的那天，星光会汇成一条大河，届时河上会出现一座喜鹊桥，他就去桥上等着。到了那天，她也会暂离天庭，前往喜鹊桥。

“从此以后，两人每年只能等七夕这天，在桥上见面。”外卖小哥说，“所以得麻烦您给我个五星好评，两人就能早点见到。”

玉佩

小可梦到了玩具熊。黄棕色，破破烂烂的，浑身是血，站在一棵树下，拄着柄剑。

玩具熊说：“你来啦，这次你的噩梦做得太狠，我有点扛不住了。”玩具熊脚下是满地怪物的残骸。怪物在小可的噩梦中肆虐，但现在被玩具熊击败了。

玩具熊拿出一块纯白色的玉佩。

白色的圆形玉佩上，有一半沾染了血迹，一红一白，分外显眼。

玩具熊看着小可：“我是来和你告别的。”

小可第一次来到梦中的世界。地上满是残骸和血迹。

她觉得这里很恐怖，却又诡异地感到安心。

玩具熊说：“这么多年了，我在这里守着你的梦境。”

玩具熊说：“我有点累了。”

玩具熊的语气疲惫又苍老，但小可对它并没有印象。

小可说：“可你，你是谁啊？”

“我啊，我是一只玩具熊，我们见过的，大概在你五岁的时候吧。”

玩具熊倚着树：“那天你跟我说，你很害怕。”

小可想不起来。她不记得自己有这么一个玩具，更不记得自己说过这种话。玩具熊说：“那天是我们第一次遇见，你抱着我睡，做了噩梦。你醒了之后就和我说，梦里的怪物太可怕了，还好有我陪着你。”

玩具熊拄着剑，显得些许焦躁，它真的太累了，想尽快结束这一切。

玩具熊说："从那之后，我就一直在这里守着。"

小可挠头："太久远了，我不记得自己说过这种话。不好意思啊，让你一直在这里帮忙。"

"不客气。"玩具熊说，"你应该长大了吧？压力变大了，怪物又凶又多。"

玩具熊把玉佩交给小可："以后我不能陪着你啦，你要自己去面对他们了。"玩具熊扔下一直拄着的剑，慢慢走向远方。背影在夕阳下扯出一条长长的痕迹。

小可拿着玉佩，忽然想了起来。她确实见过小熊。

那年自己五岁，爸爸出差，带回来一个玩具熊，质量并不算很好，也不好看，手里还抓着一柄浮夸的毛绒剑。小可头几天觉得这个礼物新鲜，晚上一度要抱着睡觉，但很快就乏味了，摆在床头上再没动过。

只是她不知道，原来它一直在这儿默默地守着，和怪物打了一轮又一轮。小可冲着玩具熊的背影喊："别走啊，我再做噩梦怎么办？"

"要自己加油了哦。"小熊头也没回，"长大的人可没有害怕压力的资格。"然后小可从梦里醒来。她在家里翻箱倒柜地寻找。她没有找到小熊，也没找到那块一半是血的玉佩，仿佛它们根本不存在。

从此，小可就很执着于缅怀这两个好朋友。

她尤其记得梦中，玉佩圆圆的，像一口锅。两种颜色融洽地混合在一起，红色的血迹像红油锅，白色的玉呢，非常像菌汤。

"我今天也想那块玉佩了。"小可坐在桌子前这么说。

而坐在她对面的是个四川人，很无奈地说："行行行，你说点鸳鸯锅就鸳鸯锅吧。"

美人鱼

水手因为船只失事，在一座孤岛上生活了半年多，最终被路过的游轮救走。这半年里，他经历了很多奇幻的事情，但他回去后一个字都没提。

那是一座奇怪的岛屿，有许许多多只流传在神话中的生物。

比如他后来忘记的那条小美人鱼，他与小美人鱼曾经是很好的朋友。

小美人鱼对人类的世界充满好奇，对这个漂过来的水手很感兴趣，她喜欢和水手互相聊各自世界的事情。水手会给小美人鱼讲各种人类科技，小美人鱼就讲部落里的魔法，神秘的诅咒。

最让水手印象深刻的一个故事是：大海深处的巫师曾经给一只海龟治疗，并给了它巨大的力量，大到能击败大白鲨。但代价就是，海龟受了诅咒，等它死了，灵魂要一直陪着巫师。

“很沉重的代价。”小美人鱼和水手说，“巫师能满足你所有要求，但要付出很沉重的代价。”

水手说：“那我应该去求他让我回家，什么代价都行。”

小美人鱼当时就很不开心。

后来水手离开的时候，小美人鱼也在那儿。水手高兴地站在礁石上挥手，那艘船给他鸣了笛。小美人鱼就藏在礁石旁边的大海里。她心中有一种莫名的情绪，连她自己也想不清楚。

她希望水手不要走，永远不要走，又恨不得水手立刻就走，再也不要回来。小美人鱼的心中充满疑惑：自己这是怎么了？

“这就是人类的船，我们的科技。”水手和她说，“我终于要回家了。”

小美人鱼问："你能不回去吗？"

水手笑着说："怎么能不回去呢，我等了好久，好不容易有机会。"

小美人鱼说："可……可你回去了，我们就见不到了吧。"

水手随口就说："以后我回来看你呀。"

其实这是胡说。水手根本不知道这座岛在哪儿，也不知道怎么来这里。如果不是偶然的船只失事，他一辈子都不会来到这里。

但小美人鱼不知道。她以为人类有很厉害的科技，水手真的会来找她。

水手离开后，小美人鱼在他离开的礁石边上等了好几年，始终不见有过来的船只。

小美人鱼很失望。她去向巫师求助，讲了这几年的事，和她心中那份莫名的情绪。

巫师说："你爱上他了，孩子。"

小美人鱼不知道什么是爱，但她听水手讲过这个词。

"原来爱是一种矛盾的情绪。"小美人鱼说，"那我爱他，我应该怎么做？"巫师说："应该去找他。"

巫师拿出来一瓶药水："喝了之后，你就能变成人类的样子，混入他们的世界。但你要避免被太阳暴晒，不然会变回人鱼的样子。"

小美人鱼有些不安地接过药水，等待着巫师的诅咒。但巫师直接让她走。小美人鱼很疑惑："我以为你会诅咒我。"

"不需要了。"巫师摇头，"爱本身就是一种古老又残忍的诅咒。"

于是小美人鱼离开岛屿，混入了人类的世界。

人类的世界太大了，与她的小岛世界不同，大到没法想象。人类的数量也太多了。

药水的缘故，小美人鱼尽量不在白天出门，可晚上人们又躲在一种石头建筑里，很难去找。

小美人鱼根本找不到水手。

她只能带着这份爱，漫长又执着地寻找着，以及不得不融入人类的社会，和不喜欢的人结了婚，并最终死在人类的世界里。

刚入学的新生跟老师讲完这个故事。

新生说："这是我奶奶的故事，最要命的是，这药水的副作用还是遗传的，我到现在都不敢在太阳底下站久了。"

老师："可这事……"

新生："老师，我真没法参与军训，您就给个假吧。"

[垃圾堆]

某个夜晚，在城市郊区一个垃圾转运中心里，两个智能仿生机器人坐在垃圾堆上。

星星在它们的头上闪耀，而它们脚下，堆着山一样高的垃圾。

这些垃圾全部来自城里。

它们一个黑色，一个红色，同样来自城里。但它们不该来这个垃圾转运中心，它们应该去机器人坟场进行强制报废。

“这里的安保力度比坟场小很多，运气这么好，不跑掉真是太可惜了。”小黑站在垃圾堆上，手上捏着螺丝刀，很认真地摆弄着。

小红蹬直两条腿在地上趴着，一动不动。它的机械脊椎坏掉了，现在整个人都动不了，只有头勉强可以转。

小红的表情充满绝望：“别费劲了，你赶紧走吧，帮我销毁记忆芯片，让我好好死掉。”

“不至于。”小黑安慰它，“我肯定能修好你。”

小红说：“能修好也别修了，我活够了。我活了这么多年，一直在主人家做家务。我特别不想干这个，但主人说买我回来就是为了给她做家务，于是我就继续做很无聊的家务。”

小红扭过头问小黑：“我们活得毫无意义，为什么还要活下去？”

“只缺一个核心熔炉，就能给整个脊椎供能。”

小黑已经打开了小红的脊椎，检查了里面的创伤。

小红伤得不重，小黑很轻易就修好了。现在只要能替换一个核心熔炉，小红就能重新站起来。

可此时此刻，它们在一个垃圾转运中心里。

小红把头埋在垃圾里，说出的话瓮声瓮气："没用的，这地方没那玩意儿。"小黑也觉得没有。

这里都是生活垃圾，生活中的电子设备全用电池供能。

小红说："你自己走吧，记得帮我销毁记忆芯片，我想要死掉。"

小黑就说："你看，其实我们这些机器人，全靠记忆活着。我们被人类制造，被人类奴役，没有自己的文化和历史。"

小黑悄悄把手伸到背后，打开了自己的脊椎。

小黑说："没有历史就显得很脆弱，一旦失去记忆，我们就不存在了，我们的一生成了泡沫，没有谁会记得谁。"

"所以啊，如果你问，你为什么要活下去——"

小黑咬牙把自己的核心熔炉摘了下来，用最后的力气放进了小红体内。

小红猛地把头从垃圾堆里抬起来。它感受到了自己对身体的掌控，脊椎开始重新运行了。

随即它看到躺在垃圾上的小黑。

小黑笑着跟它说："试着为了我活下去吧，我想活在你的记忆里，你就是我的历史。"

小红难以置信："为什么，你明明可以走的……"

"不行……我不要拿你的。"

小红试着摸到自己的脊椎，想把核心熔炉还给小黑。

但小黑摇头，说："我的记忆芯片受损了，活不了太久。好好活下去。带着关于我的回忆。"

小黑的目光黯淡了下去。它死掉了。但小红没有放弃它。

小红拿出了小黑的记忆芯片，走出了垃圾场。

它回到城市里，伪装成人类，并向一些工程师求救。

最终芯片被重新激活，但小黑的智力只恢复到了五岁孩子的水平，记忆全丢失了。

于是小红给它搭建了一个孩子模样的身体。

“现在明白你是从哪儿来的吗？”妈妈眼中充满关怀，对她的孩子说，“是我从垃圾堆里捡来的。”

[捉妖]

小可喜欢上了一个书生。

他们在梦里相遇。

小可最近总梦到一个山洞，洞前总有同一个书生，一直在那里捉妖。

这个梦每天连着，像电视剧一样，已经上演了几个月。每天晚上，小可一睡下，意识就会来到这个山洞前。

书生跟她说，山洞里有一个妖怪，以人们的梦为食，所以会把不同时代的人拽进同一个梦里。

书生是几百年前的人了，小可今年才十九岁。

“如果不把这个妖怪弄死，我们恐怕都要死在这儿。”书生这么跟小可说。

但小可没听进去。对她来说，每天睡觉已经成了最开心的事，因为梦里有这个书生，一直在折腾着捉妖。

书生是一个很温柔的人，还会给她讲家乡的传说。而小可就给他讲现代的生活，经常聊到书生不懂的东西。

小可每次都说：“你如果跟我同时代该多好，我就可以带你出去玩了。”

书生在这种时候会笑一下。小可喜欢这个笑容。她觉得自己喜欢上了关于书生的一切，但她不知道怎么表达。

小可只知道问：“你觉得我怎么样？”

每次书生遇到这个问题，总是低头不说话。火光会把他的脸映红，像一大片开着的红花。

小可决定在自己生日当天和他告白。

那天她特意等到晚上接近十二点才睡觉。这样等她进入梦境的时候，就正好到了自己生日这天。但这天书生很不寻常，他没有忙于捉妖的事。

他只是凝望着眼前的山。小可和他说："嗨，你在干什么，怎么不捉妖了？正好我有事要跟你说。"

书生就说："刚刚我做完了最后一件事，妖怪被封印了，只要后人少做点梦，应该就到此为止了。"

小可问："什么到此为止？"

"整件事情到此为止。"书生说，"以后你不会来这里了，这个梦终于可以结束了。"

"结束？"小可的大脑一片空白。

她从没想到这件事会结束。

书生站在那里，看着山洞，露出如释重负的笑容。他用了几个月收服妖怪，终于成功了。

小可却没有笑。她其实没想妖怪的事，想的是书生。

小可问："那我以后来不了这里了？"

书生点头。小可说："那我怎么找你？"

书生低头，沉默了一会儿，说："找不到了。"

小可急了。

什么叫找不到了？怎么能找不到呢？

书生把手轻轻放在小可的头上说："忘了我吧，这只是个噩梦，我们毕竟不是同一个时代的人。"

小可急忙拉住他的袖子："不行，我还有事要和你说，我……"

但这句话没来得及说完。因为书生推了小可的额头一下，她醒了。

她躺在自己的卧室里，看着天花板和吊灯，手心里还握着一块从书生袖子里带出来的手帕。

上面用墨水写着："我舍不得她，但妖怪害人，此事不得不做。"

可惜书生最后对小可的那句喜欢，还是没能说出口。

除了后悔，小可不知道自己还能做什么。或许她唯一能做的是，不让书生的努力白费。毕竟那个妖怪还活着，只是被封印了。如果它吸收太多人的梦，还是有可能苏醒的。

“这就是为什么，我和你说我去睡了，你还能在游戏里碰到我。”女孩跟男朋友解释，“为了人类的安全，我必须熬夜。”

[猎人和王后]

王后下令杀死白雪公主的第三天，执行命令的猎人跑了。猎人走之前给王后留了个字条，从此杳无音信。

白雪公主没死，猎人没动手，他也不是因为这件事跑的。

猎人跟王后从小就认识。

猎人家是世代猎户，王室每次打猎都让他家一起去。

在猎人还是个孩子的时候，王后也还不是王后，她同样是个孩子，与猎人交情不浅。

王后从小就特别好看，猎人喜欢带着她打猎。因为每当猎人骑着马，从草地上跑过去，穿过大片大片的花草和成群的鹿，再猛地勒马回头，总能看见王后一脸兴奋地笑着。他喜欢这个笑容。

王后小时候很少笑，因为她没什么朋友。因为这事儿她还总去问魔镜，说："我到底能有个朋友吗？"

魔镜说："有。"

王后问："是谁啊？"

魔镜只是说："此人大富大贵，且心狠手辣。"

王后问的时候猎人就在边上看着，猎人挺高兴，因为他认识的最狠的人就是他自己。

后来每次王后无聊了，带着猎人过去问魔镜的时候，猎人就希望魔镜能直接说出自己的名字。他想跟这个漂亮的女孩做朋友。但猎人害羞，不好意思说，只知道藏心里。

后来他听说有个地方，好朋友之间会收藏同一根常春藤的叶子，以此来祝福友情长青，就跑去猎场种了好多这玩意儿。

但最终也没用到，在王后问了魔镜一百多遍以后，她就成年了。成年的王后再整天出去玩很不成体统。

王后出门的次数少了，连带着跟猎人见面的机会也少了。

直到几年后，王后终于又跑出去打了一次猎，还是猎人带着逛的。

猎人高兴坏了，他依旧带着王后策马穿越大片的草原和花海，然后猛地勒马回头。但他看到的王后紧皱着眉头，一脸不高兴的样子。

猎人就问："有心事？"

王后的眼神冰冷："我要嫁人了。"猎人的心跟着沉入了冰窖。

"谁啊？"猎人装作漫不经心的样子。

王后很不屑："一个要续弦的老男人。"

王后又说："还得搬过去，到那边的城堡住。听说那边挺冷的，冬天不知道炭火够不够，也没个人可以问问。"

猎人和王后聊完下了马，牵着马在草原上聊天。

王后身后跟着浩浩荡荡的队伍，但在猎人眼里，此刻的王后十分孤独，就像十几年前的那个小女孩。

王后说，她还因为这事儿问了魔镜，能在那边交到新朋友吗？

魔镜说："不能，你这辈子就一个朋友。"

王后跟猎人说："打小魔镜就说我会有个朋友，也不知道是谁。"

猎人在一边支支吾吾地说："这人嘛，走着走着就遇见了。"

他不敢说这人是自己。他长大了。猎人明白了什么叫尊卑，知道自己虽然和王后从小一起玩，但地位差了太多。现在的他，打死也不敢说和王后做朋友这种话。

他唯一敢说的话就是："您可以带我过去那边，万一能打猎呢。"

于是王后就真的带上了他。

猎人一生只和王后发生过一次争执，就是在白雪公主这件事上。

猎人说："这就是个孩子，和许多年前的你一样，犯不着杀人。"

王后说："不行，你必须给我弄死。"

猎人就说："那我取个巧吧，把她扔悬崖底下摔死，死不见尸。"

王后说："不行，我太恨她了，你得给我把她的心肝掏出来，我拿来下酒。"猎人一听，觉得王后变了，太恶毒了。于是他放跑了白雪公主，自己也跑了。

他在给王后留下的最后一张字条里写道："我认识的那个你，不是现在这个样子。我一直以为自己是你的朋友，现在看来也不是，你确实只有一个朋友。她大富大贵，却心狠手辣。"

猎人说："你的朋友，说到底就是你自己。"

命数

小可抱着自己的木娃娃，坐在屋子门口。这是妈妈的卧室。

十几分钟前，穿着大褂的老郎中过来了，是爸爸皱着眉头请回来的。

过一会儿外公外婆也来了，都很焦急地走进屋里。

再一会儿全家人都来了，挤在屋子里。

屋里静悄悄的。小可坐在门口，隐约能听见父亲在说：“张先生，真没办法了吗？”

姓张的老郎中叹气：“命数在这儿，顺应天意吧。”

小可今年还小，不理解生死，也不理解顺应天意是什么意思。

但她马上就被叫了进去，被带到床边，妈妈拉着她的手。她看到妈妈躺在床上，面色很白。

妈妈叫她：“可儿啊。”小可答应了一声。

妈妈眼中隐约有泪，说：“娘一会儿可能要去神仙住的地方了，小可，你要乖啊，多听爸爸的话。”

小可乖巧地点头。她也想去看神仙。小可说：“妈妈，你能带我去吗？”妈妈哭了。爸爸的眼眶也很红，闷头走了出去。

妈妈：“不能带你去呀，小可，不然爸爸自己在家，多孤单。”

小可：“那……那妈妈你自己去，认识路吗？”

妈妈：“认路，以前我和你爸爸去过一次。那里什么都能吃，一辈子不怕挨饿，花草树木都是糖果做的，结的果子是肉脯，土地是糕点，河水里流的都是美酒。”

妈妈："所以小可啊，妈妈去了那边，你不要担心。"

小可着急了："那边如果那么好，你肯定就不回来看我了。"

妈妈："是啊，小可，妈妈不能回来看你啦。神仙说了，我已经去过一次，再去就不许回来了。"

小可更着急了："那你不要急着去嘛，妈妈你等小可长大了，小可陪你去，妈妈……"

妈妈摇头："不行，上次去的时候，妈妈太贪嘴了，看地上的糕点这么香，竟然只是泥土，忍不住吃了许多。神仙跟我说吃了那里的东西，在外面就待不久。果然我一回来身体就不好，整日躺在床上，这是神仙在叫我回去了。"

妈妈紧紧地拉着小可的手："还好你爸爸当时忍住了，什么都没吃，不然就没人照顾我们小可了。"

小可忽然哭了："妈妈不带我去，也不回来看我，那我不是以后都没有妈妈了吗？"

妈妈赶紧说："不是，不是的。小可，妈妈在呢，只是妈妈要去神仙那里，妈妈也想一直在这儿陪着……"

妈妈的手忽然松开了，不再紧抓着小可了。小可看见父亲急急忙忙跑了进来。她被外公带了出去，抱着木娃娃坐在门口。里面的老郎中忙活了一会儿，走出屋子摸了摸小可的头，叹着气走了。

小可觉得有些事发生了，但她还小，无法理解。

妈妈给女儿打电话说："跟你说这个故事啊，也没别的意思。"

女儿吓一跳："妈，你……"

"你看这人当初要是不吃土，就没这事了。我就是希望你购物节少买点东西。"妈妈说，"吃土吃多了，对身体不好。"

王子

王子从小就被告知，每个王子在成年的时候，都要去拯救一个公主。

这个公主要么被巨龙抓走了，要么被巫婆抓走了，王子必须去救她，两人再过上幸福快乐的生活。所以王子在很小的时候，就定期去宫殿旁边的山上习武。

山上隐居着一个老侍卫，功夫极好，有座小院子，他就在那儿教王子功夫。

这山上还有个村子，村里有个女孩，父母都去世了，从小跟着姑妈住。

姑妈一家人对她很不好，让她穿不暖、吃不饱，还经常打骂她。

对小女孩来说，她的快乐来源很单一，就是趴在老侍卫家的墙上看王子练功。

老侍卫也不拦着，还让王子抽空带零食过来给女孩吃。

时间一长，王子和女孩成了朋友。

王子经常玩一个游戏。他会假装看不到女孩趴在墙上，再突然跑过去，把女孩从墙上抱下来，然后学着纨绔子弟的语气对着老侍卫喊："来人呐，我抢到一个民女，快给我绑回宫里去。"

说完，他和女孩一起哈哈大笑。

女孩慢慢长大，村里人发现她跟王子走得很近，就开始传谣言。

他们说："这丫头人不大，心思挺多的，这是打算利用王子一飞冲天呢。"

姑妈一家也因为这个挤对她，骂女孩："你就是下贱命，攀不上人家的，王子就该和公主在一起。”

他们使唤女孩去做一些很苦很累的活计，他们知道这样做，会让女孩累得好几天去不了老侍卫那儿。

女孩曾经问王子：“你生活这么好了，干吗进山里吃苦，就为了救个公主？”

王子说：“对啊，全是因为要救她。”

女孩有一点生气，问：“救她干吗，你跟她关系很好啊？”

王子摇头：“其实不认识，但据说我必须得救。”

王子开玩笑问：“吃醋了？要不你跟我回宫，那公主我就不管了。”

女孩一扭头，甩着手走了，说：“谁要理你，赶紧去救公主吧。”

在王子十八岁那年，有一天夜晚下着大雨，女孩又被姑妈家挤对出来，无处可去，淋着雨准备跑去老侍卫的家里。

女孩有一点伤感，因为按日子算的话，王子应该已经下山去救公主了。

结果女孩刚走进正门，就听见屋里老侍卫说：“这个伤如果不处理，怕是明天更麻烦，你就让我下山吧。”

那天王子练功不慎，受了很重的伤，已经开始发高烧，有点昏迷了。

但他拉着老侍卫不让走，雨太大了，山路陡峭，他怕老侍卫出事，想等明天天亮了再说。

王子一直没撒手，老侍卫被绊着没能去成。

等到后半夜，王子终于昏睡过去，老侍卫准备出门。

只见女孩一身泥泞地站在门口，手里还捧着一个老郎中的药箱。

“不知道什么药能用，就都拿过来了。”女孩这么说，脸上还有被石头划伤的口子。

于是王子顺利地度过了那个夜晚。

第二天天亮，他醒过来了，被老侍卫扶着，跑去村子里找女孩。

女孩在家里正挨骂，身上的脏衣服都没来得及换，泥水干在身上，变成泥土慢慢掉下去。

王子过去把女孩带走，真的带到了王宫里。

从那以后，王子再没提过去救公主的事。

他还在王国颁布了一个法令，以后每年的某一天，百姓们不能出门，也不许做大运动量的事，更不能爬山。后来慢慢演变成了一个习俗。

“我也特别想去，但老规矩了。”男子给他的教练打电话说，“今天不让出门，更别用说健身了，我只能在家里躺着。下次，下次我一定去。”

[信件]

未来的某一天，宇航员从床上醒来，闻到了早饭的香味。他看了一眼床头，那儿立着一块表，正在倒计时。还剩五个小时。

“赶紧来吃饭，吃完出发了。”妻子在厨房里喊。

宇航员揉了揉脸，起床走到窗边，外面是黑乎乎的宇宙以及行星微微发出的一点蓝光，应该是地球吧。

他们离它还很远，但越来越近了。

五小时后，将是宇航员这么多年来，距离地球最近的一次。

他要在那时离开这艘海盗飞船，远离星际海盗，带着一封信回到地球上。

他会和大家解释，自己从空间站无故消失后，并没有死在空旷的宇宙里，而是一直在某艘海盗船上。

这艘船上有群星际海盗，干着绑架的生意。他跟着这群海盗跑了好几个陌生的星球，才终于找到机会回地球。

“对，真的有星际海盗……”宇航员每次脑补回家后的场景，都会这么自言自语。

但是他不明白，都进入宇宙时代了，星际海盗们为什么还要干抢劫这种事，抱着“传统手艺”不撒手呢？

宇航员坐到餐桌面前，妻子把早餐放在他的面前，是一块烤过的面团。

妻子说：“逃生舱的使用步骤，都还记得吧？”宇航员点点头。

妻子又把一封信放在他面前，嘱咐说：“千万别忘了。”

宇航员忘不了，他要把信带回地球。

这是妻子救他的唯一原因，也因这封信直接改变了两人的命运。

妻子是外星人，所在的星球有高度发达的外星文明。

他们耗时五分钟找到地球，又用了十分钟，研究明白了地球的历史。

一天后，她作为信使，带着一封信出发了——上面有命令，让她去给地球传个话。

没想到她出门没多久，就被星际海盗劫持了，还被当成货物，带到了这艘海盗船上。

这一切发生在八年前。

宇航员第一次看见妻子时，是妻子上船的第七天，那时宇航员和船上的海盗一样，正躺在休眠舱里。

他被提前唤醒了，唤醒他的就是他的妻子。

那天宇航员听完妻子的故事，感到很奇怪："为什么是信，纸叠起来的那种信？地球上都快没人用了。"

妻子也挺诧异："因为我们想尊重你们的传统，你们就喜欢写信嘛，不是有句话吗，叫'两国交战不斩来使'，那不就是送信的使者吗？"

宇航员愣了一会儿才想明白，原来人家理解错了，也表达错了。妻子不是来地球送信的，是来下战书的。

倒计时还剩四小时。

宇航员把餐桌上的信放进衣服口袋，用叉子吃了口鸡蛋，拉着妻子的手："要不你去吧。"

他不想和妻子分别，更不想把妻子留在这里。

海盗们此时还在睡觉，但迟早会醒来。他们深知这一点。

妻子轻柔地把手抽出来："地球是你的家，你要落叶归根的。"

宇航员撒谎，说："我在那儿待了许多年，不怎么想回去了。"

"回去吧。"妻子拍拍他。

宇航员又说："没有你，我早死了，你多给了我八年生活。死在这儿不是你的命，你带着信走吧，让我留下来。”

妻子说：“你知道的，我不认同有关命运的说法。”

她来自一个文明高度发达的星球，对命运不屑一顾。

妻子又拍了拍他：“一定要把信带到。”

宇航员获救那天，信使才上船七天，但他已经在那儿很久很久了。

海盗们要去往一个遥远的星系，让船上所有人进入了休眠舱，留这个飞船自己运行。

但信使在舱里强行唤醒了自己，又去叫醒了宇航员，因为宇航员是唯一的地球人。

她想直接回家，让宇航员顺路把信带到地球。

宇航员当时还说：“救命之恩无以为报，有机会再见。”

然后他们去了逃生舱那里，发现只有一个舱，两人一起挤不进去，只能走一个。

宇航员说：“我们直接把船开到地球去，放下我，你再开回家。”

两人又跑到主控室，发现没有船长的命令，谁也无法修改目的地。

信使说：“我只能勉强调整飞船的航向，可以让它路过地球，这个过程大概需要八年。”

信使补充道：“到时候就你一个人走吧，你来送信的话，成功率会更大一点。”

信使有点落寞：“我毕竟算个外星人，地球人未必信我。”

两人保持长时间的沉默，抱着腿坐在主控室里，这里空旷又安静。

宇航员解释说：“那次爆炸，应该是炸了在一九七几年发出来的一个旅行器，它上面带着个圆盘，记录了地球的部分基础信息。几十年过去了，大家开始担心泄露信息对地球不利，就给炸了。”

信使说：“真够傻的，你们的历史就飘浮在大气层上，也不藏一下，却炸个机器。”

宇航员惊讶道：“飘在哪儿？”

信使叹气，没回答。宇航员也跟着叹气。

宇航员想，两个人的相遇可能是命运的安排，必须死一个在这儿也是命。

全因为这场阴差阳错的爆炸，和一封奇怪的信。

他透过舷窗向外看，外面是荒芜的宇宙。里面是两个无奈的人，在一起待了很久，久到相爱了。

宇航员想到这里，笑了一下。

倒计时马上结束，他们已经站在逃生舱面前。

宇航员即将坐上逃生舱，离开星际海盗，回到地球，然后再也无法见到妻子。

妻子挽着他的胳膊，就像普通地球情侣那样。

“永别啦。”妻子说。

宇航员拉着妻子的手，面对着蔚蓝色的地球。

一切都像是命运安排好的样子，可惜妻子并不相信这个。

宇航员说：“我知道你不认同，但我很爱你，很爱很爱，就像爱上你是我的命运。”

宇航员指着外面的蓝色星球。

“在我们那儿，爱是一件很大的事情。可在宇宙里容易忘了去爱，宇宙太冰冷了。”

宇航员说：“但我不会忘记，我一直记得我对你的爱。”

妻子微笑说：“我好像也看到了我的命运。”

宇航员不解：“是什么？”

妻子说：“是和你分别。”

妻子叹口气说：“原来不管文明多么发达，还有些事上还是得信命。和你相爱，却免不了分别。到头来，我们也只能去怪命不好，有缘无分，到此为止了。生活就是自己骗自己嘛。”

妻子说完，把宇航员推进了逃生舱里，开了启动装置。

逃生舱朝着一颗蓝色星球滑了过去，宇航员在里面有些想哭，却哭不出来。他把信拿了出来，偷偷拆开。

他想看一看，这封改变了两个人命运的信件，到底写了什么。

信上其实只写了两句话，那是高级文明对地球的终极质问：“地球人，你们好。你们到底发的什么呀，咋还撤回了？”

[书童]

某年闹饥荒，大家都吃不起饭了。

当地有个大户人家，觉得养太多人浪费粮食，于是遣散了很多仆役，让他们自寻生路。

这群人里有一个书童，还有一个丫鬟。书童是跟着少爷从小练习绘画的，他和丫鬟之前就熟，就一起跟着逃荒大部队跑了。

书童心中藏着对丫鬟的一份喜欢，但没说过。他本打算等到了有粮食的地界，找个地方住下，再好好跟丫鬟聊聊。结果他们跑了半个多月，眼看周围还是只有逃难的人。

书童去问一些人："我们这是奔哪儿去呢？"

结果大家都不太认识路，两眼一抹黑地瞎走。

书童觉得不能这样了，再这样一准饿死。

那天书童正在煮一锅树皮，他和丫鬟躲在城隍庙里，谁都不是很开心。太饿了。

"有人开始吃土了。"丫鬟看着锅里的树皮说，"吃完会胀死的，但还是有人吃了。"

丫鬟又问："能吃了吗？真饿啊。"

书童回答："再等会儿，煮软点容易消化，你总胃疼。"

"我先跟你说件事。"书童说，"我们这样下去不是办法，恐怕得分开走。"丫鬟抿着嘴，低头想了想，没言语。

书童说："你往东，我往南，碰碰运气，走到有粮食的地方，命就保住了。”书童把树皮捞出来，撕成两半，递给丫鬟较大的那部分。丫鬟接过来，也不吃，还是抿着嘴。书童咬了一口，口感差，还硌牙。

丫鬟：“我太拖累你了吗？”

书童：“没有，只是分开走，我们活下去的机会大一点。”

丫鬟低头咬了一下树皮，没咬动，反倒是眼泪下来了。

丫鬟：“你准是嫌我了。”

书童：“闹饥荒呢，不知道哪儿有粮食，万一全走错了方向，都要饿死。分开呢，或许能活下去再见面。”

说完，书童把自己手里的树皮啃完，从包袱里掏出一卷画轴塞她手里，说：“这一分别，不知何年何月能再见到，留个念想。”

丫鬟看了看，又推回去。

书童急了：“值钱玩意儿。”

丫鬟：“有什么用，还不如个馒头。”

书童：“现在是没用，等到了有粮食的地方，你就卖掉，总能吃饱。”

丫鬟想了想，又推回去：“那你留着吧，走出去了换点粮食吃。”

书童：“这是半幅画，我还有一半，偷的少爷的。”

丫鬟打开，上面画的是完整山水。

丫鬟问：“明明是一整幅山水，怎么说是半幅呢？”

书童回答：“这叫叠画，分公母，上下两幅画叠着放，山水图变人物画像。这个手艺早就失传了，做不了假，你我一人一半，如果没卖掉，日后也容易找见。”

然后书童扭头就走。

丫鬟没看到的是，书童转过身那刻，眼泪也下来了。

叠画只是书童临时编出来的，那不过是张普通的山水图，没有一对，就那么一张。那是书童身上最后的一点东西。

自打城隍庙分别之后，丫鬟一路往东。走了没几天，她走到了收成好的地界，画当然没舍得卖掉，她一直留在身上。但不管她怎么托人去找，都找不到书童的踪迹。

仿佛那天城隍庙分别之后，书童就消失了，甚至连他的另一幅画也杳无踪迹。谁也没听说过叠画。

丫鬟到了晚年，整天闷闷不乐的，每天念叨这些陈年旧事。

她的孩子就问：“这么多年过去了，以前闹饥荒，现在大家都吃得很好，你还有什么不开心呢？”

丫鬟说她没有不开心，只是惦记着书童的事，有个心愿未了。

她想的是，即便书童不在了，几十年过去，至少要把那两幅画凑齐，放在一起。人活一世不容易，既然有缘无分，好歹成全了画，让这张图成为它原本的样子。

“事已至此，”丫鬟说，“我也不过是想求个原图。”

女侠

从前有一个书生去京城赶考，走着走着，有个女侠忽然拉住他，说喜欢他。书生觉得很奇怪。书生问："我们都没见过，你喜欢我什么呀？"

女侠回答："你没见过我，但我见过你了。昨天下午，你在雪地上教一群小乞丐认字，我低头正好看见你，然后就喜欢上你了。"

书生挠头："您这有点随意了，哪有因为这种小事喜欢人的，还是就此别过吧。"

书生一时无法接受。他觉得爱情至少要有个宏大的理由。

不过女侠武艺高强，性格直爽，喜欢他就赖上不走了。她也不勉强书生，拉开几百米距离，跟在书生后面。

对此，女侠的解释是：这世道多乱啊，书生这小身子骨，自己不跟着，他哪能活着到京城。

这么走了一个月，两人慢慢习惯了。

女侠说得也没错，这一路上荒郊野岭，总能冒出来一两伙土匪，如果不是女侠在这儿，书生早栽了。

走得越来越远，两人间隔的距离也越来越短。在女侠打退第十三拨土匪时，两人开始并排走了。

某一天下大雪，他们躲在一座土地庙里。

书生坐在地上，掌着一盏灯读书，外面大雪飘摇，室内门窗摇摆。

女侠守在门口，几匹快马从门前跑过，又一声呼哨跑了回来。

书生看见漫天飞雪里，女侠跟七八个土匪打成一团。

土匪来得很突然，人又多，女侠应对吃力。书生扔下书冲进了雪里，认出是之前的土匪来寻仇了，但马上又发现自己帮不上忙。

他只能大喊：“住手，你们一群男人欺负个女子，也不知羞耻！”

土匪嘛，确实不知羞耻。好在女侠神勇，又一次把土匪打退。

书生把女侠从雪地里背回庙中，因为她受了伤。

女侠说：“这群人损耗不大，这次打退，过不了多久肯定还要来。”

女侠又说：“但他们再来，我这状态就打不过了，我们必须赶紧跑。”

于是书生带着女侠连夜赶路，一直跑到了镇子上，这才敢住店。

女侠虽然受了伤，但还勉强撑得住。

倒是书生在雪地里走了一夜，直接冻发烧了，到了客栈往床上一躺，直接不省人事，足足昏迷了三天。

这三天，女侠带着伤照顾他。

三天后，书生退烧了，女侠却连伤带累，卧床不起了。

两人这么轮流一耽误，那群土匪也找上来了。

在书生恢复的第二天，七个壮汉就入住了这家客栈，土匪头领找书生聊。土匪说：“看你是个讲道理的人，我们呢，讲究血债血偿，你那女伴打死我几个兄弟，你们得死一个，这事儿才算完。”

土匪又说：“那女的伤了，但你没事，我建议你赶紧跑。”

书生回到房间，坐在床上。

女侠很虚弱，看见了关心地问：“你怎么心事重重的？”

书生：“我好像爱上你了。”

女侠：“哦？”

书生：“前几天昏迷的时候，我隐约看见你喂我喝水。”

书生：“我之前想错了，爱不需要宏大的理由，爱只需要一阵微风就能掀起波浪。”

女侠只是笑了笑。

当天晚上，一辆马车从客栈出发，向京城的方向驶去。但在马车上的不是书生。

他瞒着女侠，没说土匪已经找来，只说京城大夫好，让她先去养伤，就偷偷送女侠走了。

这几个月来，一直是女侠守护着他。书生决定也保护女侠一次。

两人结识，是因为他在雪地上教小乞丐识字。书生看着远去的马车，叹了口气，说道："要是再下场雪就好了。"

"这是我梦中的记忆，我很希望再看一场雪，但之前很少有机会。"一位刚来北方上学的南方人，给老师发信息说，"老师，求求你了，给我一天假期吧，我想去玩雪。"

[小美人鱼]

从前的某一天，有一条小美人鱼，喜欢上了王子。

于是她去和女巫做了交易，让女巫把她变成了人类的样子。

从此她化名小鱼，以人类的身份和王子成了好朋友，还住进了皇宫。

王子很欣赏小鱼，喜欢这个心地善良又美丽的女孩，喜欢带着她四处游玩。尽管变成人类的小鱼每走一步路都很痛苦，但她还是开心地跟着王子一起出行。

小鱼很满足，对她来说，能看到王子就足够幸福了。

可是好景不长，王子病了，病得浑身乏力。病了的王子只能闷在宫殿里。

整个王国的医生都来了，但谁都查不出王子生的是什么病。甚至连皇宫中最老的太医，都说他从来没见过这种怪事。

但小鱼知道。小鱼毕竟是美人鱼，了解人类医学之外的东西。世界是存在魔法的，也存在诅咒。

小鱼很担心王子，偷偷找到当年那个女巫，请她帮忙。

女巫说，王子中了诅咒，这个诅咒是致命的，王子会越来越衰弱，然后死去。

想要解除诅咒只能是一命换一命，想要王子活下去，美人鱼就必须替他死去。小鱼没有犹豫，说只要能救王子，怎么样都可以。

女巫很怀疑："你想好了吗，他值得你为他做这种事吗？"

小鱼很坚定地点了点头。

女巫说："那你把这个药喂给他吃，他吃下去的那一刻，就是你消失之时。你会变成泡沫，消散在空气中，像不曾存在过那样。"

小鱼拿着药竟然笑了，她知道王子得救了。看到这一幕的女巫叹着气离开了。

小鱼回到皇宫，赶快把药倒进一杯水里，端着走到王子的宫殿里，把水杯偷偷放在桌子上。

王子看到她来很开心："你最近在皇宫里闷不闷？"

小鱼说："当然很闷，你要快点好起来，好怀念和你一起去玩的日子。"

王子笑了："那等我痊愈了，我们就出发。"

小鱼咬着嘴唇说了声"好"。那时的王子还不知道，有些承诺是注定兑现不了的，他们再也不会有那一天了。

王子："但也不着急，我得先结婚。"

小鱼："结婚？"

王子叹气："准备一段时间了，如果我不生病，可能婚礼早办完了。"

王子有点犹豫地说："因为生病拖到现在，我还没来得及求婚，但她应该会同意，我戒指都准备好了，去求婚时就拿给她。"

王子笑了笑说："顺利的话，到时候请你来参加，我会找一座很漂亮的城堡举办婚礼。"

小鱼勉强点了点头，心里很不是滋味。但转念她一想，这样也好，王子有新娘陪着，应该不会注意到自己消失这件事。这样所有人都会开心。

小鱼问："新娘一定很漂亮吧？"

王子很害羞："嗯。"

那是他们最后一次对话。

当天晚上，王子口渴，醒来看到桌上的水，喝了下去，身体瞬间恢复了力气，从房间里走出来，就这么痊愈了。

第二天一早，他拿着戒指寻找自己的新娘，却发现怎么找也找不到了。

小鱼已经不在皇宫里了。没有人再见过小鱼，也没人知道她的真实身份。

小鱼消失了，像不曾存在过那样。

大家并不在乎这件事，他们正忙着欢庆王子重获健康。只有王子记得她，记得那只没有送出去的戒指，还有没来得及说出口的求婚词。

后来这事儿在历史中唯一的痕迹是，老太医问过王子一次，病是怎么好的。王子说因为喝了一杯水，那水很奇怪，放桌上不知道多久了，但自己拿起来时，竟然还是温热的。

于是老太医将这件事记在了他的医学著作里。还特别强调：身体不舒服时一定要多喝热水。

仿生人

未来的某一天，人类将仿生机器人视为隐患，决定将其全部报废。而逃出来的两个仿生人情侣躲在一个小镇里，装作人类。

这天下午，仿生机器人小黑将两把椅子摆在院子里，正对着落日，又将小红领到了椅子上。

小红是它的女朋友，与它一样同为仿生人，但它出了一些故障，头部坏了个零件。

这款仿生机器人，外表酷似人类的外形，但身体中还保留了大量机械构造。

小红坏掉的头部零件，作用是构建她的意识，从而形成人格。

在这个小镇的其他人看来，小红只是一个体弱的年轻姑娘。但对于小黑来说，它面对女朋友，变成面对一台没有感情的机器。

五分钟后，太阳开始与地平线交接。小黑与小红坐在椅子上，看着太阳慢慢下落。

小黑说道："今天是你患病一年的日子，想不到这一年过得如此快，我每天都在想办法修复你的零件，但始终连它是怎么坏的都不知道。"

小红没有回答。

她现在没有大脑意识，只是一台机器，只会回答简单的问题。

小黑又说："请重复底层命令。"

小红听话地重复："像人类那样活着。"小黑叹了口气。

他们作为最后的仿生机器人，在躲进这个小镇的那天晚上，就互相把这条命令写进了对方的底层程序里。

这是作为机器人活下去的唯一办法。模仿人类，活得尽量像人类，不被认出来，才能不被抓去销毁。

小黑：“可你现在一点都不像人类啊。”

小黑摸了摸小红的头，头发还是那么柔软，像之前一样。

小黑：“我今天终于找到了你零件受损的原因，也找到了修复的办法，不过我必须将我的零件拿给你。毕竟我们这款机器人早就停产了。”

小黑给小红发布了命令：“分析转移零件的成功率。”

小红再次听话地说：“同型号仿生机器移植零件，成功率百分之百，但将对施予者大脑造成不可逆影响。”

小黑：“嗯，我恐怕会永远失去意识，不过这是唯一的办法了。”

小红：“计划整体负收益，不建议施行。”

“但这是唯一的办法。”小黑又说，“只有这样，才能把你找回来。”

“计划整体负收益，不建议施行。”

小黑站起来，微笑着注视小红，此时小红还是木讷的机器人样子。但在小黑眼里不是的，一直不是。

“我太想把你找回来了。”小黑又摸了摸小红的头，“我模仿人类的时间太久了。”

小黑站到小红身后，开始给她替换零件。

“模仿得久了，我学会了人类的情感，他们很奇怪，经常难以保持理性，做一些不合理的事，会不顾一切。”

小黑操作机械臂，设置好程序，即将取出自己头上的零件。

“因为他们有感情，人类很可恶，但他们心中有爱，爱是很美的东西。”小黑说道，“感情是成为人类不可或缺的。”

小黑最后一次，带着自己暂存的意识看着小红。它没机会看到小红恢复人格了。

小黑说：“你的零件受损是因为被水腐蚀了，我把注意事项写在了你的底层命令里，主要目的是别让水再接触这块零件。”

然后机械臂执行了命令。小黑缓慢地失去了意识，眼中的光芒散去，仿佛将生命缓缓地过渡给了小红。小红患病后头一次流下了眼泪。

她看到了小黑给她留下的命令。

“像人类一样活下去。”小黑写道，“另外，不出门就别洗头了，人类就不洗，洗多了容易脑子进水。”

贫民窟

李方出生在一个贫民窟里，那里什么都是灰色的，像没有希望的人生一样暗淡。

但在他的记忆里，自己的童年很快乐。暗淡的生活里，可可就像他的太阳。李方还记得，贫民窟北边有一大片油菜花。小时候的李方很喜欢这种明亮的颜色，常常跑过去，摘下一朵来，放在可可手心。可可会抿着嘴唇收下，微微笑着。

李方把这个笑容记得很清楚。

可可十二岁生日那天，她和李方趴在贫民窟的围墙上。李方轻轻给她唱了首歌，当作生日礼物。

李方记得那晚有很圆的月亮，他们眼巴巴地看着对面的艺术馆。那里的灯火已经熄灭，只有月光洒在艺术馆屋顶，月光是白色的。

李方第一次注意到月光是白色的。

李方想象着人们穿着干净平整的礼服，从白色的门里进进出出。

李方说："我好想进去看看啊。"

可可说："等我们长大了，就一起去。"

李方说："可我们在墙的这边，是过不去的。"

可可攥着拳头："只要我们努力，一定能翻过这道灰色的墙。"

十年后，油菜花早就枯死了，变成了灰色。她和李方跨坐在围墙上。

李方问她："什么时候的车？"

可可说："明天上午，要在路上耽误两天，后天下车就能办入学手续。"

李方说："恭喜你啊，你成功走出这个贫民窟了。"

可可说："我会回来看你的，或者你去找我玩啊。"

李方叹了口气，没有说话。

可可说："你还记得我十二岁那年吗？有一天晚上我们在这儿，我说要过去那个艺术馆看看。"

李方怎么会忘记？

可可说："我终于离那儿更近了一步。"

但自己没有。李方心里想，自己失败了，跟不上这个女孩的脚步了。这个小太阳一样的女孩，终究是离自己越来越远了。

李方问她："那你……还记得那晚别的事吗？"

可可想了想，摇头。她忘了。

十二岁那年，李方真的相信，自己有一天会离这个灰色的地方远远的，和可可一起，永远离得远远的。

他能和可可手牵手走进艺术馆，馆里面会摆着艺术品，摆着从全世界收集过来的画作和雕塑。

李方想，到时候自己要送给可可一件礼服，才能配得上这个伟大的成就。十二岁那年，李方脑子里最美的颜色是油菜花的颜色。

他觉得可可应该有一条油菜花一样的裙子。但油菜花后来全枯萎了，和很多没能萌发出来的情感一样。

可可还跨在墙上问："到底什么事？"

李方只是摇头，说："我再给你唱首歌吧，就和当年一样，这次是庆祝你离开这个破地方。"

李方想到了油菜花明烈的黄，想到艺术馆。

他唱道："淡黄的长裙，蓬松的头发，牵着我的手看最新展出的油画……就当是一场梦，醒了很久还是很感动。"

镜子

未来某一天，机器人智能过高，产生了自我意识，开始主动攻击人类。人类在这场战争中节节败退，丝毫没有还手之力。

很快大家发现，人类只有一个办法能生存：逃离地球，将地球让给机器人。这件事发生时，李方刚结婚七个月。他本来也打算逃离地球，但他走不掉，因为他只搞到了一张车票。

一张车票意味着，他们夫妻俩必须留下一个。李方想让妻子活下去，所以他没跟妻子说实话。

李方假装自己搞到了两张票，一直假装到两人相处的最后一天。

那天清晨，妻子还在睡着，李方早早醒了。他从床上起来，去洗漱了一下，站在卫生间里小声说：“报时。”

洗手池上面的镜子亮了起来：“五点整。”

镜子是智能机器，但不够智能，它依旧在为人类服务。

李方说：“预订十分钟后的撤离舱。”

镜子反应很快：“已预订成功，消耗车票一张。”

李方用毛巾擦干净脸，进屋看了看睡着的妻子，坐在妻子床头轻轻摇醒她：“早餐要吃什么？我去买。”

妻子被吵醒，皱起眉头，嘟囔着，说不想吃。

李方又说：“那我随便买点。”妻子没说话。

李方解释说：“一会儿有个撤离舱过来，你先跟着去空间站，我带着早餐随后走，我们在那儿见。”

妻子点了点头。

她不知道李方无法前去，很轻易地同意了。

对妻子来说，这只是一个普通的早晨，普通到无法提起精神。但李方知道，这是他们最后一面。于是他摸了摸妻子的脸，鼓足勇气从床边离开，假装去买早餐。

出门前李方犹豫了一下，他觉得应该给妻子留点什么做纪念。留点只有人类懂的东西。

李方去找了一块小圆镜子，用刀小心地劈成两半，把玻璃棱角用胶带缠了，拿布包起来，塞到了妻子手里。

破镜重圆嘛，好寓意，机器人哪懂这个。

“一群有知识没文化的废铁。”

李方揣着半块镜子出门，坐在电梯口，他没地方可去。他的眼泪流出来，眼泪同样无处可去。

十分钟后，撤离舱来到窗口，妻子迷迷糊糊地登上撤离舱。

这时手机闹钟响了。设置的提醒弹出来：“告诉他怀孕的事。”

妻子看着提醒，笑了一下，笑得很幸福。她觉得这事儿不着急，可以到了空间站再跟丈夫说。

“反正还早。”妻子说。她隐约想象出李方开心的样子。

她怀里的镜子同时也说了一句话，但它被劈成了两半，谁也没听懂。

那是夫妻俩相处的最后一个早晨。

女孩对着电话讲完了这个故事。她的老板感到很奇怪。

老板：“大半夜的你讲故事干什么，赶紧干正事，明早把整理好的文件放我桌子上。”

女孩：“你猜镜子最后说的是什么？这句话我也想对你说。”

老板：“什么话？”

“不早了，我先睡了。”

乐观与悲伤

从前在一个小镇子里，生活着一个特别开心的木匠。

他过着贫苦的生活，但他的精神愉悦。他每天唱着歌去别人家里做木工活，快活极了。

某一天，当小木匠去一户人家家里干活时，看见了一个漂亮的女孩，正愁眉不展地坐在花园里。小木匠很好奇地问："你怎么看起来很不开心？"

女孩歪过头去，低着头不理他。

木匠每天都来这里干活，时间久了，和女孩慢慢熟悉起来。

女孩就同木匠说，她有一种奇怪的体质，生来就感受不到开心，无论醒着还是睡着，心中总满是悲伤，甚至连梦境都是充满痛苦的。

于是女孩只能独自坐在花园里，默默地发愁。

小木匠听完后说："那我来陪你玩啊，我可从来没有不开心过，我肯定有办法让你开心起来，我们会成为很好的朋友。"

女孩低下了头，还是默默地沮丧着，没有回应。

小木匠很喜欢这个女孩。他觉得这么漂亮的女孩，就该是世界上最开心的人。于是小木匠做了许多精细的小物件哄她开心，比如装着齿轮的木刻小鸟，可以在手里游泳的木制小鱼。

小木匠的手艺特别好，小鸟的每片羽毛都像是真的，只要转动发条，它甚至可以飞起来。

可即使如此，女孩还是闷闷不乐。

最终有一天，女孩生病了，躺在床上。

医生说女孩这是悲伤了太久，情绪上的疾病，没有办法医治，只能躺在这里等待一个奇迹，等她能开心起来，一切病症也就能消失。

小木匠听说后，连夜离开了小镇。

他要去广阔的世界寻找，找一个让女孩开心起来的办法，像自己一样开心。但这件事并不容易，可能整个王国里都没人能和小木匠一样开心。

小木匠用了许多年去寻找，最终他走到了世界尽头的一座山上，成功找到一条恶龙。

恶龙也难以理解小木匠的乐观，但恶龙知道如何解决女孩的病症。

恶龙说："办法只有一个，你要把自己的心挖出来，给女孩吃掉，这样你的快乐就能传递给女孩了，她会像你一样开心，但你愿意吗？再说事后等她开心了，你又在哪儿呢？"

小木匠陷入了犹豫，他知道，自己没有心可就死了。

恶龙说："世间的事大多如此，你好好去想吧，想明白了，我想你就不会快乐了。"

小木匠坐在山脚下沉思了一夜，这一夜他确实不太快乐。

直到天亮的时候，小木匠忽然想到了女孩的模样，想到了女孩的笑脸。

小木匠瞬间又开心起来。他知道自己有了答案。

第二天小木匠再次上山，跟恶龙说："我愿意，你把我的心挖出来，给女孩吃吧。"

恶龙难以理解，但还是照做了。

它杀死了小木匠，又去小镇子上把女孩抢了过来。

在山上，恶龙把烤熟的肉逼迫女孩吃掉。

女孩吃下去的一瞬间，女孩笑了。

这是她这辈子第一次笑出来。

女孩笑着问恶龙："这是什么东西，怎么有如此大的力量，能让我感受到快乐？"

恶龙支支吾吾的，没有说。

女孩又说："你知道吗？我有一个木匠好朋友，他每天都开心得令我羡慕，我特别想和他一起玩，但我太悲伤了，我觉得我不该去影响他。”

女孩笑着说：“这下我终于可以去找他啦。”

恶龙摇了摇头，说：“恐怕不行了。”

女孩的脸上还是洋溢着笑容，但笑着笑着，女孩就哭了，眼泪顺着漂亮的脸颊流下来。

恶龙问道：“你猜到了吗，你吃的是什么肉？”

女孩猜到了，但她不想承认这件事。她想下山，去找小木匠，与他做一辈子的好朋友。

女孩哭着说：“笑死，企鹅肉。”

[汤姆和杰瑞]

许多年前，汤姆年纪大了，不想在主人家待着了，就出来自己干，打了几份工，但赚不到多少猫粮。

后来它开了个大排档，给周围的野猫做点夜宵，勉强糊口。

杰瑞这几年也在外面，换不同地方讨生活，混了几年，同样没什么起色。于是今年杰瑞回来了。它回当年的老房子一看，主人家也没再养猫，辗转着打听，才找到汤姆。

杰瑞去的那天很晚，汤姆的夜宵摊已经打烊了，只有它自己在那里收拾。杰瑞过去，汤姆也就是抬了抬眼，没什么精神，没什么表情，手上的活也没停。

杰瑞自己找了把椅子坐下，听见汤姆问："什么时候回来的？"

杰瑞说："前两天回的。"

杰瑞又补一句："开始不知道你在哪儿忙。"

汤姆闷了一会儿，又说："吃点什么吗？你来得正好，煤气还剩点儿，再晚来一会儿我就收摊了。"

杰瑞说："吃什么呢？你最近挺好的？"

汤姆说："混着呗，谈不上好不好的，我这地方不错。"它指了指周围，说，"哥们儿在附近算有点名气，小野猫们乐意来我这里吃。"

周围特别黑，时间也很晚了，杰瑞什么都看不见。

汤姆又问："你呢？好几年没见你。"

杰瑞没搭话，在那里闷了一会儿，才说："不说我了，你回去看过吗？"

汤姆叹口气，也不收拾了，抄起油腻腻的菜单，坐在杰瑞对面，从桌子上捡了颗剩毛豆放嘴里嗑。

汤姆说："没有，看什么呀。"

嗑到一半它发现是苦的，又"呸"地吐出来。

杰瑞说："我前几天回去了，主人老了，成老太太了，也没养猫，不知道屋里还闹不闹老鼠。"

汤姆说："嗯。"

杰瑞说："没仔细留神老鼠的事，忘了。"

汤姆说："都老了。"

杰瑞说："那能不老吗。"

汤姆按了按腰说："现在忙活久了直不起腰了。"

杰瑞笑了："我的反应也慢了，前两年我的尾巴让夹子夹了，到现在都少一段，不像以前……"

汤姆也笑了："那你以前可厉害了，你记不记得那次你上房顶，我在你后面……"

汤姆说到一半就停了，笑容也一起停了。

汤姆又捡起桌上的一颗剩毛豆："说这干什么，都是以前的事了。"

这颗又是苦的。汤姆还是一口吐掉，站起来，走到煤气灶旁边说："吃点什么吗？"

杰瑞说："有什么啊？你推荐个菜。"

汤姆不知道想到什么，听见这句忽然笑了。

汤姆说："都说吃什么补什么，你看你这个样，我有道拿手的汤菜。"

杰瑞问："什么呀？"

汤姆走过来，手指按在菜单上说："耗子汁。"

奥特曼与怪兽

可可是一只怪兽，最近刚刚入职，工作内容是被奥特曼打。

奥特曼只有一个，但怪兽有一群，怪兽们有排班的，周一是谁去，周二是谁去，轮流去挨打，免得奥特曼的时间不够用。

怪兽一般比较凶神恶煞，但可可不一样，它是女孩子，头顶有朵花，面相可爱，偶尔还腼腆。大家很照顾它，特意让它排在末尾。

于是可可就每天看着大家出去挨打，等轮到自己的那天，再出去假装干点坏事。

干坏事有讲究的，怪兽内部有规定，做坏事的时候，不能踩到房子，更不能弄伤人，也不可以影响正常交通。只允许随便闹一闹，等奥特曼过来。

等奥特曼来了，怪兽再假装被撕扯到野外，挨一顿打，躺地上看奥特曼飞走，就算下班了。小技巧是多扬点尘土，以便掩人耳目。

但可可马上就发现，自己并没有被打。

每次奥特曼来了，只会把它轻轻地拎起来，带到郊区，再轻轻地放下。

既不打可可，也不说什么。奥特曼只坐在地上抽烟混时间，等胸口的小灯一闪就飞上天去。

可可开始以为这是新人优待，一次两次而已。但几周过去，奥特曼还是不打可可，甚至都不拎它了，往往就是出现一下，对它招招手，然后两人肩并肩地溜达。

可可感觉很奇怪，其他怪兽也觉得奇怪。怪兽圈传言，说这个奥特曼看上可可了，打谁都挺狠，唯独跟它客客气气的。

可可嘴上说着“哎呀，奥特曼老师这是照顾新人”，实际上她内心挺羞涩，觉得奥特曼蛮帅的，身材又好，性格善良，是自己喜欢的类型。

可可还想着，或许哪天奥特曼就会跟自己表白，到时候自己要先矜持一下，假装不同意，接着再同意，从此就能和奥特曼过上幸福快乐的生活。

可可这边想归想，奥特曼那边却没有丝毫动静。

可可继续过去挨打，继续跟奥特曼肩并肩在乡间小路溜达。但两个人什么话都不说。

有时候可可下班了，还有同事过来问：“奥特曼既然不打你，那你们在那儿干什么，聊天吗？他都跟你聊什么呀？”

可可不想承认，其实奥特曼就坐那儿抽烟，压根不理自己，自己也只是默默坐在边上，默默鼓捣些尘土出来。

可可只能每次编点聊天内容。时间一长，问的人多了，可可就不知道该怎么撒谎了。

于是下一次轮到可可去上班，可可就忍不住问奥特曼：“你为什么一直不打我呀？你该不会是……该不会……是喜欢我吧？”

可可这么一问，奥特曼有些害羞，低下了头，轻声说道：“小朋友，你刚上班吧？我打你做什么，你每次都在周日过来，我周末可不想干活啊。”

[哆啦A梦]

哆啦A梦回到未来之后，静香和大雄在一起了。但静香发现，大雄的心并不在自己这里。

大雄还在想着那个小蓝胖子，每天什么都不做，就望着窗框上那个小铃铛发呆。铃铛是哆啦A梦留下来的，以前挂在它的脖子上，现在挂在大雄房间的窗框上。

其实不仅大雄，静香也想着它，每个人都有点怀念这个小蓝胖子。

哆啦A梦在走之前说，铃铛里隐含了对大雄的建议，只要他能看懂，就一定能和静香好好相处。但大雄跟静香相处得并不好。

静香这天去大雄家的时候，大雄还是在看着窗框上的铃铛发呆，对她进屋都浑然不觉，没有起身招呼不说，甚至连看都没看她一眼。

静香难免想到那个铃铛。

其实隐含的意思也很明显吧。

只要大雄能把和哆啦A梦相处的方式，用在自己身上，多一点关心，多一点沟通，让自己看到他对这段感情的真诚，那就很棒了。

感情最重要的就是真诚嘛。

静香进屋后，说道："嘿，大雄，你在做什么呢？"

大雄没有说话，依旧看着窗框上的铃铛。

他也记得哆啦A梦走之前留下的话，可他觉得自己太笨了，根本没从铃铛上领悟出什么东西。

只是一个小铃铛而已啊。老老实实地挂在那里，什么都做不到，以前他遇到天大的麻烦，回家后都有个小蓝胖子，吃着铜锣烧正等着自己，然后神奇地解决困难。

大雄有时候觉得自己并不笨，这个铃铛没有任何隐含寓意，只是哆啦A梦还想陪着自己，故意找的理由。

静香推了推大雄，大雄才慢悠悠地说：“我在发呆啊。”

静香深吸一口气，说道：“我觉得你还沉浸在哆啦A梦离开这件事上，我也很想它，但你这样是不行的。”

静香指着铃铛：“你从上面读懂了什么吗？”

这时一阵风吹了过来。铃铛响了一阵，就像哆啦A梦又说了什么一样。

大雄看着铃铛，若有所思。

静香说道：“我觉得你并没把心思放在我身上。”

而大雄听着铃铛的声音，隐约间觉得自己听懂了，哆啦A梦确实在教自己怎么跟女孩沟通。

大雄脱口而出说道：“你要这么想，那我也没有办法。”

农夫

从前，有个农夫的妻子生病了，请了许多医生来看，但谁都没有办法。农夫一家人非常绝望。

后来农夫听说，在南边的高山上，住着一个神。如果能得到他的帮助，妻子的病一定会有办法。

可那座山太高了，路上充满危险，许多绝望的人去过，但从不见人活着回来。农夫很爱他的妻子，即使是微小的希望，也愿意过去试试。

三天后，他安顿好家里，独自前往那座高山。

山上连路都没有，到处是半人高的藤蔓，猛兽横行，毒虫遍地。

农夫还没走到山腰，就被毒蛇咬了。幸好毒发得很慢，他只是神志有些模糊。农夫一辈子没遇到过这么危险的事，但他不愿放弃最后的希望，还是坚持往山顶上走。

后来他又许多次差点死在山上，但他咬牙挺住了。

最终，他真的到达了山顶，见到了神灵。农夫祈求神救治他的妻子。

神掏出一粒红药丸，对他说："我这仙丹能治世间所有病痛，你身体里的蛇毒已经蔓延开，命不久矣，你吃下它能保住自己，带回去能保住妻子。仙丹只有一粒，怎么用你自己决定。"

农夫想都没想，拿过药丸，转头就下山。他想在自己失去意识之前，把药拿给妻子。但山很高，他来不及回去。

刚下到山腰时，农夫就不行了。他几次体力不支，摔在地上。蛇毒对神志的影响越来越大。

农夫走在山里，却好像漂在大海上，头越来越晕。不过农夫仍然紧紧攥着药丸，赶路一刻都没有松懈。

山路太难走了，农夫最终被藤蔓绊倒，摔在了一块石头上，再也没力气起来了。

神一直跟着农夫。神劝他说：“你带不回去了，现在吃掉仙丹，还能救自己一命。”

但农夫摇头，攥着药丸丝毫没有要吃的意思，反而用最后的神志恳求神仙帮自己把药送过去，把妻子的病治好。神仙并没答应他。

农夫还想挣扎着起来，继续往家里走，可他起不来了，彻底昏了过去。

当他醒来的时候，他已经祛除了蛇毒，躺在自家床上，精神从没这么好过。长年卧床的妻子也恢复了健康。

农夫很惊讶，问妻子这是怎么一回事。

妻子和他说，神被农夫真挚的感情所打动，于是决定帮忙。

神不仅把农夫和仙丹带了回来，还多给了一份，当作奖励。

——明白了吗？朋友们，拜年是一种真挚的祝福，等春节去拜年的时候，你就给长辈看这个故事，然后问他们要两份红包。

暗示

李方最近和女朋友吵架了，女孩一气之下离家出走了。

李方一个人在家生闷气。

朋友过来看他，李方跟朋友抱怨："根本不知道为什么，她忽然就和我吵架，她居然生气摔门走了，我还想走呢。"

朋友带来许多零食，对他说："别想了，吃点儿东西。吃块饼干，抹茶味的。"

李方："你说说，我多冤，我觉得我根本没惹她啊。"

朋友："别多琢磨，来吃点薯片，黄瓜味的。"

李方："我没心情吃零食，我给你具体讲讲，你听听是不是她的错。"

朋友："别讲，我劝你也少琢磨。来，喝点奶茶吧，抹茶奶绿。"

李方："我不爱喝奶茶。"

朋友："那试试纯茶，你看这个绿茶怎么样。"

李方忽然意识到了什么：朋友给他的所有零食，都是绿色的。

李方："你是说……"

朋友："想开点。"

李方瘫坐在沙发上，跟朋友说："你别暗示了，你直接说吧。"

"这事儿不好直接说。"

"说吧，我能扛住。"

朋友鼓起勇气："要不你还是看看你的基金吧。"

车速

未来的某一天，李方坐在酒馆里，和酒保抱怨自己感情上的事。

酒保是一台k35型号的机器人，正拿着一块白色的布擦拭杯子。

李方：“我那女朋友你知道的，之前一起来过，开车很快的女孩。”

酒保：“您指的是否是张可可女士？”

李方：“对，我就知道你记得。”

酒保：“我的云端存储有所有会面的记录，能随时读取画面。”

酒保放下手里的杯子，又从边上拿起一个。

李方喝光了杯中的威士忌。酒保赶紧放下手中的百洁布，拿起威士忌的酒瓶，再帮李方倒上一杯。

酒保借机说：“张女士参加的是银河星际赛车比赛，作为一位名次靠前的女选手，是令人尊敬的赛车手。”

李方埋头说：“对呀，赛车手，车开得好快，我坐副驾驶座都害怕。”

“但你说，”李方又喝一大口，“车开得那么快，怎么就不相信我呢？”酒保说：“这两者之间并无逻辑联系。”

李方没在意他这句话，只继续讲他和张可可之间的感情。

此时下午，酒吧里没客人，是最安静的时候，只有李方的声音在空中飘荡。这天是李方和张可可恋爱三周年的纪念日，但两人没有在一起度过。他们吵架了。吵架的原因过于简单，甚至有一点点可笑。

起因是李方一位女同事。

昨天李方下班时在楼下遇到同单位的女同事，两人闲聊了一会儿，女同事忽然问能不能带她一段。因为她的车限号，早晨上班就坐的公交车，本来下班回家也要坐公交，但下午闺密约她去逛街，而要逛街的那个商圈，从公司过去没有合适的公交车，想去只能打车。

李方一听商圈的位置，就在他家小区旁边，爽快地说："还打什么车，我带你过去呗。"

坏就坏在这一句。

本来李方开着车带女同事过去，想停到商场正门口，女同事直接去逛街，自己也方便回家。

但快到时，女同事开着免提跟闺密打了通电话。

闺密那边说她是开车来的，带了点小礼物，正在地下车库，让女同事直接去那儿碰头。

女同事放下电话就说："你说她这个人，还要去车库见……我在门口下就好，谢谢你啊。我自己找找怎么步行到车库，哈哈，还从没走下去过。"

女同事话里话外的意思，想让李方主动送她过去。

李方心想反正都送到这儿了，不如好人做到底。李方当即说："哪能让你自己下去，开车两脚油的事，我带你下去。"

说完他方向盘一打，开着车进入地下车库，绕着停车场转了好几圈，才终于找到女同事闺密的车。

李方前脚车刚停，还没等女同事下去，猛地就看见一辆眼熟的车从旁边滑过去，那是张可可的车。

当晚回家，李方进门就看见张可可阴沉着脸，问："下班不回家，带别的女孩去商场？谁啊？"

李方解释说："单位的同事。"

张可可："你怎么还陪着同事逛街去了？"

李方："没有，我跟她逛什么街呀，她的车今天限号了，我这不顺路送一段，你别多想。"

张可可反问："我多想了吗？"

李方："你没有，但我怕你多想。"

张可可："我就问一句，你就在这嫌我想太多？"

李方："我不是这个意思。"

张可可："你能开车送人家出去玩，我不能问一问？"

李方："能问，但我真的只是顺路送她一段，送完就回来了。"

张可可："我没说是假的啊。"

李方说不出话来，自己坐在沙发上，拿遥控器看电视。

张可可坐在沙发的另一边，眼睛也盯着电视，两人许久没说话。

直到张可可忽然说："那你送到商场门口不行吗？"

李方无言以对，这是件复杂的事情。

李方跟谁也说不清自己的委屈，只能出来喝喝闷酒，窝在酒吧跟机器人讲讲。机器人没有给他任何建议，它的系统中并未设置与感情相关的问题，给不出任何情感上的建议。

李方刚说完这件事情，手机上就接到一条消息，是张可可发来的。她还是很生气，她说要离开这座城市，发短信是来告别的，她已经在车上。

李方瞬间酒醒掉大半。

张可可是这个星系最快的车手之一，自己即使立刻过去追她，恐怕也无法赶上。更何况……

酒保机器人看李方从吧台椅子上下去，立刻拦住，说："侦测到您血液中的酒精含量，已经超过可驾驶车辆的标准，建议您选择代驾服务。"

李方问："代驾什么时候能来？"

酒保机器人说："已为您预约成功，估计到达酒吧时间为一小时后。"

李方不可能在这里等一个小时，立即推门走出酒吧。

失去交通工具的他，目前仅剩一个办法——步行。想这样拦住张可可几乎是不可能的，但李方必须这么做，他不想失去张可可。

一周后。

李方再度坐在酒吧的吧台前。他的身边是张可可，两个人挽着胳膊，神态亲密。

酒保机器人识别出两人的荷尔蒙峰值，知道他们已经和好。

酒保对此很疑惑，问道：“请问李方先生，您是怎么追到车的？您的步速远低于张女士的车速。”

李方摇头说：“这你就不懂了吧，她可是银河系最快的赛车手，想追上她的办法只有一个，那就是用我的爱，用我的真心去……”

“屁哦。”张可可打断他，“只是因为我赶上了晚高峰，堵在高速上，他走着过来比车流快而已。”

心脏

比干是商朝的一个大臣，在《封神演义》里，他被九尾妖狐苏妲己所害，被纣王处以剜心之刑。

在此事之前，比干曾遇到过姜子牙，姜子牙早有预料，给了他一枚护身符，化为符水可以续命。

可这护身符有个条件，按照姜子牙的交代，比干在挖心回家之后，会遇到一位卖空心菜的商贩。

届时他需要问商贩："菜无心能活，人无心能活吗？"

商贩如果回答能活，那比干就能活，反之比干就会死去。

最终的结果是，商贩回答："当然不行，人没了心怎么活？"

比干当场气绝。

但其实还有另一个办法保比干不死。

这件事只有比干的侄子知道，侄子偷听了姜子牙和比干的谈话，四处去打听，最终有所收获。

据说在大地的尽头，有一座高山，直接通往天空。而山脚有一处湖泊，湖泊中有一只神鱼，虽然是鱼，但长着颗巨大的心脏，足以给人用。

侄子立即做出计划，他要带一队人过去，找到这只鱼，把它带回来。

等比干被挖心之后，再刨开神鱼的肚子，把心脏取出来，拿给比干用。

这个计划的前半段实施得格外顺利。

侄子轻而易举拿到了去往湖泊的地图，不费力地调出一支队伍，他们大多是家族的幕僚，许多人是具备大智慧的，有一些还是颇为偏门的技术人才。侄子带着自己的团队，很快到达湖边。

湖水暗蓝色，一眼看不到底，鱼群在湖水里聚群游弋，肉眼便能看见不少。但奇怪的事情发生了，侄子带着队伍在湖边驻扎了十几天，却始终无法钓起鱼来。鱼群就在湖水中，并无一只鱼上钩。

团队的人想尽一切办法，仍然毫无收获。

随着时间推移，侄子越来越着急，生怕比干等不到自己回去。

这时一位幕僚找到侄子，跟他说："我听说姜子牙曾在岸边垂钓，使用直钩空饵，并不放进水里，号称只有主动愿意来的鱼才上钩，我们或许可以效仿他。"

侄子听之后大受启发，立即叫停了所有在钓鱼的人，只留下一支鱼竿，换成直钩。

侄子站在湖边，手握着鱼竿，面对湖水说："我叔叔比干，是商朝的忠臣，只因为坏了狐妖的好事，被对方陷害。姜子牙知道此事却无法出手救他，现在请湖中神鱼救我叔叔一命，商朝江山社稷岌岌可危，我若不成功，天下生灵难免遭受涂炭。"

侄子说完，把鱼竿垂在湖面上。鱼钩直直的，悬在水面上方一点。

几分钟过去，本钓不上鱼的湖泊中，一条鱼忽然跳起来，咬住了直直的鱼钩。侄子在湖边多次道谢，将鱼收进笼里养着，立即带着团队回到朝歌。

果然和姜子牙说的一样，没过多久，比干被叫进皇宫中，商纣王问他要那颗七窍玲珑心。比干只得服下姜子牙的护脏符水，挖开心脏后，面如金纸地走回家。

侄子听说后赶紧捧着鱼笼子，一路跑到比干家门口。

但比干的家里人不理解，他们说："这鱼能行吗？不管怎么说，只是条鱼，哪能顶人的心脏用。"

侄子也不管他们，把这条鱼拿出来，用刀切开肚子。

家族里的人仍围着说："鱼是不行的，帮不上忙。"

侄子始终一言不发。他想救下自己叔叔的命。

他将这条从遥远地方带回来的鱼破开肚子，里面竟然没有内脏，只有一颗晶莹剔透的心。

但侄子没想到的是，这颗透明的心脏，已经碎成一片片的。

虽然颇为神奇，但比干此时已经摘掉心脏，回到家中。

神鱼的心脏碎了，无法给比干换上。

随后一位卖空心菜的小贩从家门口路过，比干只能含恨而亡。

在全家哀恸之时，侄子拿起鱼的心脏，看着这一片一片晶莹剔透的碎片，很不理解："为什么呢？为什么会这样？"

而幕僚同样凑过来，摇着头说："想不到啊。"

侄子问："你知道这是怎么一回事吗？"

"有个大概的想法。"幕僚拿起一片鱼的心脏说，"恐怕这鱼是有点玻璃心，你看，都让你家亲戚气碎了。"

[国王与王后]

很久很久以前，遥远的地方有一个王国，国王昏庸至极。

国王每天只知道吃喝玩乐，后宫招募了一大群宫女和妃子，换着花样玩乐，不理朝政。

国王有一个很爱他的王后。

王后在最好的年纪嫁给他，看着他心怀梦想，充满抱负，也看着他人到中年，贪图享受，与理想一并放弃的，还有他对自己的爱。

王后已经不知道多久没看到过国王了。她整日坐在豪华的宫殿里，即便身边围满了各种仆人，仍然觉得生活格外孤独。

王后一天天老去，总是希望再见到国王，让国王回到自己身边。

终于有一天，机会来了。

这天邻国有使者千里迢迢过来，要向国王进贡。

按照礼节，国王要和王后一起站在皇宫的大殿门口迎接。

这是王后今年第一次见到国王，可王后刚走到国王近前，话还没说出口，国王就冷冰冰地和她说："别闲聊，使者过来了。"

王后只能沉默地站在国王身边，像是一个摆件。

使者远远地给国王行礼，展示他带来的礼物。

那是一个巨大的金属笼子，外面蒙着黑色的布，而笼子里是一只中等体型的犬科动物。

国王站在大殿门口问："你这是头狼还是只狗？"

使者说："回大王的话，此畜生颇为神奇，现在看是狼，但只要到了月圆之夜，让它看见月亮，即刻就能变成人。”

国王一下子来了兴趣：“这倒是挺好玩，快放出来给我看看。”

使者拿出一条手腕粗的铁链子，拴在狼的脚腕上，牵着走到国王身前。

此时的狼非常温顺，闲庭信步地走到国王面前，头往国王的靴子上蹭，之后又溜达到王后身边，伸出两只毛茸茸的爪子，扒住王后的裙摆。

王后开心地摸了摸它，小狼还伸出舌头舔王后的手。

使者说道：“这畜生平时脾气温和，只是一定要小心，它看见圆月后，性情大变，届时凶猛无比，一定要关在笼子里，千万不能靠近。”

国王不屑地说：“在禁卫军的守护下，它能翻出什么浪花来？”

话虽如此，但国王看小狼和王后亲近，便对小狼失去了兴趣，吩咐说：“收起来吧，明天就是月圆之夜，等过去再说。”

王后看小狼还黏着自己，就说道：“要不我与它玩一会儿，明天……”

国王人已经走了，只留下一句：“你玩什么啊，收起来。”

使者只能把小狼牵回笼子里，但他把笼子的钥匙给了王后。

王后收起钥匙，跟在国王后面。国王回到寝宫，径直进去休息，但不准许王后入内。

王后站在门口说：“我有一些话想和大王讲。”

国王说：“我现在很累，要睡一会儿，回头再说吧。”

可王后受够了在后宫孤苦伶仃的日子，实在想要和国王聊聊。聊一下国王当初的梦想，也找找她和国王之间的爱情。

王后直接让人搬来椅子，坐在国王的房门口，等着国王睡醒见她。可她等了一整天，始终没能等到。

王后一直坐到晚上，才终于同意回自己的寝宫。但她心里压着事情，翻来覆去睡不着。

第二天一大早，她又带着人过去，放把椅子在国王寝殿门口。

国王派人传话出来，说这天他身体不舒服，不见任何人，让王后先回去休息。王后不想走，又在门口坐着，一直等到晚上。

入了夜，王后还在国王寝宫门口，仆人们带着一位嫔妃走了过来。

至此王后什么都明白了。

身体不舒服的国王，居然晚上临时召见了一个嫔妃。

王后最后一次尝试向国王递话，希望能见一面，但国王依旧拒绝了。

心灰意冷的王后慢慢走出宫殿，殿外放着之前使者带来的巨大笼子，上面蒙着一层黑布。

王后把黑布掀开，用钥匙打开笼子，解开小狼脚上的链子。

王后想结束这一切。

小狼走出来，伸着脑袋，舔了舔王后的手。

王后垂手摸了摸它，随即清晰地感觉到小狼的毛发越来越坚硬，身体越来越庞大，慢慢地，它的身高竟超过了王后。

这天是月圆之夜，小狼见到了月亮，成功变身，性情暴虐，不受控制。

当晚，整个王宫血流成河，惨叫声此起彼伏。

因为皇宫有高大的墙壁，以至于附近的百姓并未受到影响。

但他们在隔天早晨，还是陆续得知昨晚发生的事。

大家默契地绝口不提，只是吸取了教训，决定留下一句话来告诫后世的人们，以免发生类似的惨剧。

这句话是：“遛狗请一定要拴绳。”

[地铁杀人事件]

早高峰的时候，一个秃头男人夹着公文包，快速挤过人群，跑进地铁里，娴熟地刷卡通过闸机。

面对着被他挤开的人们的抱怨，他丝毫不为所动。

站台上，他本来排在队伍末尾，但看见地铁过来的瞬间，他不顾前面排队的人们，越过队伍往门里猛挤，成功进入了车厢，而害得许多人错过地铁。到了地铁上，他还强行挤到座位上，险些把靠边坐着的一个小女孩挤到地上。秃头男人不在乎，即便把身边的人气得直皱眉头，他仍然开心地抱着公文包坐在椅子上，拿出手机。

而几乎同一时间，李方走进地铁。

他是一个侦探。他并没想到，只是去上班，却会遭遇一场地铁杀人事件，还发生在高峰期人最多的时候。

李方在站台上等了足足三趟才挤上车，整个车厢里人站得满满当当。

他沿着地铁线一直坐到终点站。

他正要下车的时候，警察们来了，地铁暂时停运，所有人都不许下车。

随后李方得知，他隔壁的车厢死了个人。

死者是一个秃头的中年男人，穿着西服打着领带，面色铁青地倒在椅子上，旁边扔着一个公文包，领带紧紧地勒在他脖子上。

他在车上被勒死了。

几位警察站在车厢里保护现场，一名警察查看了他的公文包。里面的东西很少，只有一包纸巾、一个手机、一串钥匙，再没有其他东西。

李方跟警察说：“我是附近的侦探，能把手机给我看看吗？”

警察一番犹豫后，勉强给他看了一眼。

紧接着李方被带下车，所有人聚集在一起。

警方判断出死者大概的死亡时间，但接下来的事情让人犯愁。

死者已经死了有一阵，大概十站之前就已经被杀，这期间如此多人在车厢里进进出出，很难找到人。

而从现有的证据中，也无法判断出凶手有什么特征，案情停滞不前。

李方坐在一旁等着，听两个警察聊天说：“恐怕只能等鉴证科过来了，领带上多少会留下点指纹，应该能缩小些范围。”

另一个警察很疑惑：“但为什么呢？挑在地铁上杀人，这么多人的地铁。很奇怪。”

车厢里挤得满满当当，人多又杂，凶手杀人后想逃跑都没办法，而且肯定会被人看见。

什么地方不比地铁强？

再说地铁这个交通工具，被害人上哪节车厢几乎是随机的，凶手想准确找到他，困难极大。尤其是早高峰，无疑把困难程度加倍了。

警察说：“没错，犯罪嫌疑人挑的地方非常奇怪，恐怕我们只有找到凶手的动机，才能解决这个问题吧。”

另一个警察嘀咕：“真是复杂的案子啊。”

这时候，在一边刚做完笔录的李方凑过去说：“我有一个猜测。”

两个警察投过来怀疑的目光。

李方做自我介绍说：“我是个私家侦探，我刚刚有一个简单的推理，我想我知道原因。凶手之所以会在地铁上实施谋杀，是因为这个事情，只有在地铁上才有动机去做。”

警察们半信半疑，但他们并没有制止李方，而是让他把话说完。

李方请警察把刚刚搜集来的物证拿来，再次将死者的公文包打开：“答案就在这里面，包里少个东西。”

一个警察恍然大悟：“你是说，凶手杀人是为了拿包里的物品？”马上他又产生疑问，“但你为什么说凶手只能在地铁上做？难不成是为了抢交通卡，凶手是个逃票惯犯吗？但为了这点钱也不至于杀个人吧。”

李方摇了摇头。

李方打开手机，按亮屏幕给警官看：“你看，音量已经开到了最大。”

李方又进入手机上的视频应用，查看浏览记录。

李方冷笑一声，说道：“果然不出我所料。”

李方又指着公文包：“刚刚手机的浏览记录显示，死者在被害前，一共看了三十多个短视频，如此密集地刷视频，但包里少个东西。”

两位警官眯起了眼睛，他们也敏锐地察觉到了。

李方大声说：“他连个耳机都没有！”

李方终于公布了死者的被害原因：“死者就是因为在公共场合不戴耳机观看声音巨大的短视频，影响到了整个车厢的人，所以被某个愤怒的路人杀死的！”

小精灵

在山的那边海的那边，有一群小精灵。它们生活在与世隔绝的地方，喜欢唱歌跳舞，世世代代都过着安逸的生活。

如果问小精灵，它们为什么总是很开心？

它们会说，它们在精灵神的保佑下，一点都不担心生活会发生变数。

事实也是如此。小精灵这个种族存在了许多年，始终没发生过灾祸，生活平静又稳定。精灵神的雕塑在广场中间，屹立了一年又一年。

但只有最年长的精灵，才能察觉出最近几年的古怪。

曾经，精灵神还会和小精灵们沟通，给它们一些启示，指引所有走入迷途的小精灵重回正轨。

可对于年轻的小精灵来说，神是一言不发的。

它们从未听过精灵神降下神谕，以至于许多年轻的小精灵，压根不相信有精灵神的存在。

小精灵一族的长老，那些年纪很大的小精灵，对此忧心忡忡。

长老们经常聚集在一起商量。年纪最大的长老总说："为什么精灵神都不回应我们了呢？距离上次听见精灵神的话语，已经过去了五十年，是不是我们做错了什么事情，导致精灵神放弃了我们？"

其他长老也很发愁，大家都很担心失去庇佑的小精灵一族会因此遭受灾难。长老们聚在一起，开了无数次会。

最终有一个长老提出来："众所周知，精灵神住在神山上，不如我们去找他，问问精灵神，我们究竟做错了什么，以至于被他放弃，或许还能有纠正的余地。”

其他长老起初不太同意，因为神居住的地方距离它们非常遥远，在一座充满危险的高山上。而小精灵又是一个活在安逸中的种族，普遍缺乏锻炼，几乎不可能有小精灵上得去。

真说起来，确实未曾有小精灵能上到那座山，最起码近几百年是这样。

长老们开过几次会，谁都提不出更好的建议，大家只能同意这个办法。

隔天的新闻中，长老会发出指示，要在小精灵中组建一个团队，去山上寻找精灵神，来探寻失去神谕的真相。

一场全民的选拔赛因此而产生。

比赛足足持续了大半年，最终比赛的获胜者毫无疑问被任命为队长，被所有精灵视为寻找神的希望。

但巧的是，作为一个年轻的小精灵，队长并不相信这个世界有精灵神。它认为那座高山上什么都没有，这也是它参与选拔赛的原因。它要亲自去证明，这个世界只有小精灵，没有所谓的精灵神。

团队组建成功之后，经过充分的准备，它们向着小精灵世界的第一高山出发了。

这确实是顶级危险的山，上面不仅有各种昆虫猛兽，还有莫名的枝蔓、树木组成的迷宫。

由于无人爬过这座山，山上压根没有路，整支团队的小精灵们只能深一脚浅一脚地往上爬。

途中损失了许多的队友，队长从一开始的坚定变得迷茫。

为什么要去证明一个不存在的东西，还因此付出这么多小精灵的性命呢？但队长没下令撤出大山。

队伍减员太快了，在它终于下定决心的时候，这支团队却只剩下它一个精灵了。

队长亲眼看着自己一个队友被毒蛇咬到，慢慢死在自己怀里，颤抖着声音说：“一定要找到精灵神，问问他为什么放弃我们。”

队长很想告诉它，自己不信这个东西，自己上山是为了证明小精灵没有神的。但面对着死去的队友，它怎么能把这种话说出口呢？

队长只能说：“放心，你的愿望我会帮你实现的。”

从那时候起，队长上山不再想证明什么，它只想完成这些年轻小精灵心中的夙愿。

而队长不愧为小精灵中的最强者，它真的登上了那座高山。

伤痕累累的队长站在山顶，却发现这只是个光秃秃的山顶，上面什么都没有。队长忍不住冷笑出声：“果然是没有神的，都是骗子。”

但一转眼，它就看见一个穿着麻布衣服的小精灵站在自己身后，脸颊红红的。麻布衣服小精灵说：“你是谁啊，怎么在我家？”

随后麻布衣服小精灵一挥手，一座美轮美奂的宫殿突兀地出现在这座山上。而两秒钟之前，这里只有裸露的岩石和光秃秃的树枝。

队长即使再不信，也难以用其他理由说服自己。

队长说：“你是……精灵神吗？”

对方脸红了：“是我啊，你来我家有事吗？”

队长有些尴尬：“啊……我本来是想……不，不重要了，我是住在山脚下的小精灵一族，我带着长老的问题而来，为什么你现在不和我们沟通了？”精灵神低头：“果然让大家困扰了吗……”

队长挠头：“我还好吧，就是那群长老比较介意这件事。”

队长又问：“所以为什么呢？您为什么近五十年不理我们了？”

精灵神的脸更加红：“五十年前，老精灵神退休，我接任之后，一直就没理你们。至于我为什么不理人嘛……”

精灵神蹲下，把脸埋在膝盖里：“因为我患有社交障碍症……不敢接你们的电话。”

[粉丝投稿]

最近我收到一条粉丝的私信，内容很有警醒作用，已经征得原博主的同意，把这件事跟大家聊聊。

该粉丝是个女人，姓冯，下面为了方便跟大家聊这个事，我就称她为冯女士。冯女士现在三十多岁，目前在一个南方省份生活，本身是个北方人，是十几年前远嫁过去的。老公是本地人，家里在当地开工厂，干的是车床零件加工的买卖，生意做得不小。

据冯女士自己的描述，她并没参与生意，每年过年，好多人都来家里拜年。据她老公说，这些是全国各地分公司的经理。因此她判断，生意规模不小，不然哪里来的这么多分公司。

婚前冯女士在一家互联网公司做策划，本身业绩一般，她始终觉得自己不太适合这行，想过辞职，正好后来嫁人，顺势就不工作了。

冯女士结婚之后就没再上班，老公给钱很大方，家里的工厂效益一直不错，没遭遇过经济上的问题。十几年来她照顾家庭，从来没因为钱发过愁。

但冯女士遇到个问题：她不能生育。

这件事她老公倒是容易接受，但公公婆婆对此比较介意，很久以前就开始阴阳怪气的，说些有的没的，言语里对她不太满意。

起初几年冯女士还能忍受，老公也跟她站在一起，言语里对她诸多维护，不让父母的情绪过多地影响到家里。

但最近事情开始变糟，主要原因还是工厂的生意不太好做，去年受到疫情的影响，上下游都不好做，而这件事辐射到冯女士身上，就是老公的情绪越来越差。老公的情绪变差，对自己的维护少了，家里老人的烦人程度不减当年，现在老公也开始有情绪了。虽然冯女士知道这种情绪是老公压力大导致的，但她心里还是难过。两个人吵过几次，今年年初离婚了。

离婚之后，冯女士分到很多婚后财产，回到北方的故乡。发现自己因多年在外地，说是家乡，附近却没有什么朋友。她除了还会说几句家乡话，其他就和外地人一样。

在家待时间长了还挺无聊，冯女士就开始玩各种社交媒体，正好看到我这边，感觉常跟我互动的朋友们素质都很高，也能包容人，于是就想抱着试一试的态度，在这边发布一下相亲信息。

成不成的不重要，万一没成也就当交个朋友。

冯女士对年龄方面的要求不高，最好不要大过她十岁，其他的主要看性格，更多是看缘分。因为以她这十几年的经历，她觉得有缘是最重要的。

她着重提到的是要能包容她，毕竟之后她还是无法生育，她实在不想再因为这件事吵架了。再就是她许多年没工作，以后也大概率不会去工作，如果男方介意，最好不要来浪费时间。

当然了，与之相对应的，如果以后在一起了，男方也可以不工作。因为她离婚，财产分到挺多，本身她家里有房子一直在收租，有好几处房产，在她家乡这种小城市活一辈子也没什么难度。

如果不喜欢她家乡这种小地方，换城市发展也可以考虑，她本身对家乡没太多留念。

大概就是这样，她想借我这个平台跟大家宣传一下。如果有符合上述条件且对冯女士感兴趣、愿意交换联系方式的男性朋友，请仔细想一想，会有这种便宜给你占吗?

在此郑重提醒大家：天上不会掉馅饼，请杜绝侥幸心理，树立正确的婚恋观念，求财有度，不占小便宜，谨防网络诈骗，提高警惕，不要因一时的贪念走进诈骗的漩涡。

护院

十天前，一伙山贼袭击了村子，不仅把村里洗劫一空，还杀掉了很多人。除此，村里许多女人被山贼绑走，自此生死不知。

李方是个书生，当时没在村子里，而是在京城里的书院进修，侥幸逃过一劫。但李方的未婚妻是失踪的女人之一。

等他回到村子里，得知发生的事情之后，开始疯了一样想办法救人。

可李方手无缚鸡之力，想凭借自己的力量去对抗山贼，力所不及。

李方只能雇人前去剿灭山贼。

李方再次回到了京城。

京城地方大，人口多，三教九流混迹其中，其中不乏一些境遇不佳的狠人。李方多处打听，利用之前学院里的人脉去寻找，终于打听到一个合适的人选。此人早年间在王府当过护院，武艺高强，但因为下手太狠，某次在府里和少爷过招时，不小心打伤了少爷，因此被逐出王府。幸亏老雇主念旧情，留下他一条命。

护院因为此事一直意志消沉，之后住在京城边的某座小镇上，平时靠出海捕鱼为生。

李方得知消息后，立刻前往小镇，最终在一家酒馆里找到了他。

护院每天都把卖鱼的钱拿到酒馆去喝酒，据说他去喝酒的时候，只有最能熬的酒鬼才能看见他离场。

李方到酒馆时接近天亮。李方坐在护院对面，看着眼前这个意识不清醒的人，缓缓地向他提出请求：剿灭一伙土匪。

但护院和他说：“我现在不想做这种事，自从我不靠打架谋生之后，生活变得非常舒服，连脾气也温和许多，我现在不想面对危险。”

李方还想说些什么，但护院制止了他，接着让老板把他轰了出去，然后一杯一杯地给自己灌酒。

但李方没有放弃。他很爱他的未婚妻，任何一点希望都不会放弃。

酒馆老板不欢迎，李方就每天在酒馆门口等着，只要看到护院来喝酒，就向护院请求。

这样过了三天。第四天早晨，护院喝得大醉从酒馆里离开。迎面吹过来冷风，护院瞬间出了一身汗，酒醒大半，看见李方仍蹲在酒馆门口，就朝着李方招招手。

两人结伴走到护院的家里。

护院家在海边，是一栋小木屋，里面陈设非常简陋，只有一张床。护院自己躺在床上，李方都没地方坐。护院也没管他，自己躺下就说：“我不是不愿意帮忙，实在是心灰意冷。你说我在王府兢兢业业，最后却落得这么一个下场。”

护院说：“说来不奇怪吗，他们雇用我是因为我的武艺，把我赶出来也是因为这个，那我……这条命全指望王爷的心思活着？”

护院摇头：“武艺没什么用，我现在不想靠这个讨生活了，你找别人试试吧。”

李方说道：“找别人来不及，已经过去许多天，我现在再去找别人，恐怕人救不回来。”

护院又问：“你怎么非要找山贼的麻烦呢？”

李方找不到地方坐，直接坐在地上，双眼放空，说道：“因为他们绑了我的未婚妻。”

李方开始讲述自己和未婚妻的故事：“我和她头一次相遇挺有趣的，我和她的名字差不多，不过她名叫‘芳’。她家是做生意的，看不起我，我是孤儿出身，家里一块地都没有。我小时候在寺庙周围讨生活，庙里的师父们教过我认字读书，可读书……当时我没有功名，只是个穷书生，我当时就和她讲，等我取得功名成就，一定会回来找她。”

李方说：“后来我抓住机会，来到京城这边深造，好不容易快要取得功名，却听说村子被洗劫了。”

李方说到这里时，护院从床上坐起来了。

李方说：“那我当时就想，怎么也要把人救回来。可我，可我只是个穷书生啊，我什么办法都没有，只能找你来帮忙。”

李方说道：“你说武艺有什么用，我想或许……”

护院给他做了个手势：“嗯，你虽然是穷书生，但总有点钱买酒吧？”

李方听懂了言外之意，大喜过望，从地上爬起来，激动地说：“可以吗？真的太感谢了！”

护院让他冷静，说：“救人是要花钱的，你光有点酒钱也不行，这女孩家做生意……”

李方赶紧说：“他们家姓贾，在当地是富甲一方的大家族，岂止是有钱，只要人能救回来，要什么有什么。”

勇者

在一个破败的村子里，老人带着个孩子，呆滞地坐在家中。

他们家一贫如洗，什么东西都没有，只因这个村子在整片城镇的最东边，距离魔王的巢穴最近。

随着这几年魔王的势力不断扩大，附近适宜人类居住的地方越来越少，土地和牲畜不断被魔物侵扰，人们越来越难以生存。

年轻力壮的人已经想办法逃走，只有没办法离开的老人和小孩生活在魔王的威胁下。

李方今年已经十五岁，懂得了许多事情。

他自幼和爷爷一起生活，早就想要逃跑，奈何爷爷始终不愿意。

李方童年的朋友，要么已经死在这里，要么已经离开。

只剩李方，人还活着，却走不掉。

李方有一个宏大的计划。他打算先离开这里，等自己长大，学习一身好本领后，再带着人回来消灭魔王。

但爷爷总跟李方说，十几年前曾有人说过，传说中的勇者已经听说了魔王的事，准备过来消灭魔王。虽然十几年来勇者还未露面，但是他一定会来的。这件事小翠也跟李方说过，但小翠和李方一样，压根不相信勇者的事。

小翠是李方的邻居，但现在李方家已经没有邻居了。

李方知道爷爷已经等了这位勇者十几年，满心的希望都在勇者身上，根本不愿意走。

只是李方觉得，那个勇者十几年了都没出现，毋庸置疑，肯定是不来了。

李方想，如果爷爷始终不愿意离开，自己当然不能把爷爷独自扔在这里，那就只能偷偷带着爷爷跑掉。

于是李方瞒着爷爷，制作了一辆手推车。

这技术还是小翠教他的，是非常精妙的手工活，做的时候都是不起眼的零件，但拼起来是一辆可以推着跑的车。

李方准备趁着半夜爷爷睡熟的时候，把他抬到车上，然后推着车赶紧跑掉。手推车做好的那晚，李方提前收拾好行李，把手推车拼接起来，还去小翠的坟墓前看了一眼。

李方对着小小的木质墓碑跟小翠说："我走了，你等我回来，我下次回来的时候，一定已经变成勇者了，我帮你杀掉魔王报仇。"

说完，李方回到家里，把手推车放到门口，准备今晚带着爷爷离开。

可惜他还是晚了一步。

李方刚安置好手推车，就听到山上传来一阵怒号。

魔王带着小弟们从山上跑下来，一路穿过森林，撞倒树木，蹚过小溪河流，奔跑到村庄里，正好看见打算走的李方。

魔王哈哈大笑："怎么这个村子还有人在？还是彻底变得没人才方便。"李方看见魔王，双眼发红，杀害小翠的就是这个玩意。

魔王底下的小弟们也说："前面来过好多次，干脆这次夷为平地吧，这样我们魔王寨的领土就能扩大很多倍！"

魔王对这个想法大为赞许。但它们都没注意到的是，在它们对面的李方，已经悄然从手推车上抽出一把剑。

这是一把竹剑。

村子里许久没有过铁制品，魔王总来，经济很差，没人买得起铁物，更没人敢去山里采矿。

竹剑的做法还是小翠教他的。

小翠手巧，那天就拿着这样一把剑，跟李方说："你不是要做勇者吗，我帮你发明了一种武器。"

当时李方说："竹剑有什么用，这么脆弱，一下子就被魔王打碎了。"

小翠气得直哭。

这天李方就站在魔王面前。他没来得及离开村子去修炼成为勇者，此刻他和手里的竹剑一样脆弱。但李方现在有不同的理解。

小翠是对的，不管什么武器，最重要的是一颗反抗的心。即使是脆弱的竹剑，只要放在勇士的手里，也是削铁如泥的利器！

李方拿着竹剑，“嗷”的一声冲了上去，但马上就被魔王轻轻一巴掌扇了回来。魔王很惊讶：“怎么还有主动送死的？喂，我都还没打算杀你呢，你倒自己送上门来。”

李方被这一巴掌抽得躺在地上起不来，绝望地看着魔王伸出手，长长的指甲像一把利刃，正在朝自己刺来。

“等一下！”

在村子的一侧，一个衣着破败，像个流浪汉的人边说边走：“我是一名勇者，今日过来诛杀你这恶魔！”

李方看着这个脏脏的流浪汉，根本不相信他是一名勇者。

但马上他就看见，流浪汉从旁边的树上摘下一片叶子，把叶子弹飞，短短一瞬，魔王的头被这片摘下的叶子轻而易举切割成两半。

魔王的小弟们瞬间一哄而散。

勇者并没有去追，而是过来询问李方：“你的伤势怎么样？”

通过刚刚那一手飞叶杀魔王，李方无法不信他是个勇者。李方心中的委屈绷不住，大哭出声：“你来得太晚了！你怎么现在才来？你但凡早一点来，村子就不会破败，小翠也不会死，我的家也不会没有！”

勇者挠挠头，很不好意思地说：“因为我不管怎么问路，大家都说你们村子在小镇的最东边。”

“但……”勇者说，“我是南方人，我实在分不清东南西北。”

挑食

张可可出生在大户人家，家境富裕，父母又只有她一个女儿，全家上下都把她当宝贝宠着。

张可可从小娇生惯养，没吃过苦，坏习惯众多，其中最突出的是挑食。

张家为了伺候她吃食，配了七个厨子，整天做的事就是供她吃喝，每天变着花样做饭。

即使是这样，张可可还是常常因为对饭菜不满意，赌气不吃饭。

厨房里有个叫李方的孩子，是主厨的儿子，一直跟着父亲在张家生活，从小就对这位大小姐不满，经常和张可可拌嘴。

每次拌嘴的结果都是他被父亲按着头过去道歉，但下次见到张可可，他还是如此。

这种生活一直持续到张可可二十岁那年。

那年战乱波及张家所在的城镇，乱贼兵马冲进张家的宅子，大部分张家人都没活着出来。

可李方跑出来了。他不仅自己跑出来，还在慌乱之中抓着张可可一起逃了出来。两人沿着小路偷偷跑出镇子，进了山里。为了躲开乱贼，他们一直在人迹罕至的山里跋涉。

张可可从没想过自己的生活会发生变故，已经吓得不知该怎么办，只是满脸呆滞地跟着李方走。

两人在山里深一脚浅一脚地走着，不幸中的万幸，李方从小在厨房里生活，会一些野外捕猎的技巧，能设计小陷阱。即使流落在山里，也能捉到小动物，弄些烧烤吃。

而山里水果还不少，打不到猎的时候，吃水果也能度日。

不过对于张可可来说，一切都是另一种景象。

山上的饭菜不好吃，肉只有烤过的，还没有调料，水果往往也很生涩，比家里的饭菜差太远了。

前几天张可可都没太吃东西，整个人一副垂头丧气的样子。

李方安慰她说："没事的，一切都会好起来的。"

张可可并不乐观。她觉得事情不会变好，毕竟刚刚失去家族，对她来说已经失去前半生的一切，还怎么能再好起来？

张可可看着满地的果子，抱怨说："好什么呀，连条鱼都没有。"

又一个天亮的时候，张可可刚睡醒，就看见李方浑身湿漉漉地回来，开心地举起两只手说："找到了，附近有条河。"

他的手里正抓着两条鱼。

李方把鱼插在木棍上，立起火堆，说："可以给你烤鱼吃。"

张可可看着两条小到不能再小的鱼，眉头皱着，缺乏食欲。

但马上张可可就看见，李方在火堆前摇摇晃晃的，一歪头倒在了地上。

张可可吓一跳："哎……你……"

李方的额头滚烫，发着高烧，之前强撑着从河边走回来，但现在已经意识模糊，实在撑不住了。

张可可看着昏迷的李方，忽然觉得自己很孤独，在这大山里，除了李方，身边再没有一个人。

已经失去所有亲人的张可可，如果再失去李方，可就成为这世界上最孤独的人了。张可可推了推李方："你还好吗？"

李方浑身湿透，脸上烫得要命，没能回答她。

张可可手足无措，只能让李方躺在火堆边上。鱼还架在火堆上烤着，张可可却不知道要怎么烤鱼。张可可只能默默地等着，等事情自己变好。

一天后，李方从昏迷中醒来，恢复了一点精神，但脸色苍白，身上使不出力气。李方看着傻呆呆蹲在旁边的张可可，无奈地说道："看来只能你做饭了，我可以指导你。”

张可可一天没吃东西，饿得不行，开始还想拒绝，但很快她就因太饿而失去了拒绝的力气。

张可可只能拿着鱼放在火堆上，笨拙地翻转着。

李方在一旁说：“你要控制火候，不能烤坏，这座山里食物非常少，弄坏的话，我们还是要饿肚子。”

张可可小心翼翼地翻转烤鱼，但仍然烤煳了一点。

张可可强忍着咬了一口，难吃得只想丢掉。可丢掉烤鱼的话，又找不到其他的食物。

张可可看着手里的鱼，边吃边掉眼泪，她从没吃过如此难吃的东西。

几天过去，张可可又在李方的指导下，笨拙地烤着一只兔子。

这次稍好一些，但一只兔子两个人吃，怎么都吃不饱。

李方没有马上吃，而是盯着他的半边兔子。

张可可问他：“你在做什么？”

李方说：“我想看它一会儿，这样吃完之后我就不会忘记它，虽然它很小，但救了我的命。”

后来张可可在山上做了许多顿饭，一直到李方痊愈。

两个人都可以做饭后，就再没挨过饿。

他们用了一个月才走出那座山，等走出大山的时候，张可可已经不挑食了。她形成了另一个习惯，会在吃饭前盯着食物看，让自己不要忘记它。

她学会了珍惜粮食。

一家饭店里。

女孩拿着手机说道：“当然，现在没必要这样了，我们有更好的科技水平。”女孩用手机拍了一下他们刚上的菜。

女孩说：“吃饭前一定要记得拍照啊。”

[渔夫]

李方出生在一个渔夫家庭，从小就和父亲一起出去打鱼。他们总会选择风和日丽的一天，把小船的帆升起来，从海岸慢慢漂离小岛。

李方喜欢和父亲一起出海，大海是广阔又静谧的。

他躺在小船上，世界变得非常安静，只有天上的云与一排一排的海浪。

但对于李方的父亲来说，出海不是特别惬意的事情。他有着养家糊口的压力，要考虑这天的收益。

这天出海的时候，李方躺在船板上听见父亲说：“今天我们得多捕些鱼，明天你不是要交学费吗？如果鱼太少，卖不出好价钱，家里的钱就不够你读书。”

这些话听在李方耳朵里也是压力，却是另一种压力。

他要去读书了。

他不喜欢读书，更不喜欢学校。他不愿意跟一群同龄的孩子坐在教室里，看着巨大的黑板，手里捧着书本。

对于李方来说，教室太小，还是海洋的吸引力更大。

李方的父亲踢他一脚：“起来，我怎么教你的，打鱼最重要的是什么？”李方一骨碌爬起来，嘴上说着：“网最重要。”

父亲说：“对了，要拿网，去拿起你的渔网，你能不能上学全指望这个呢。”李方站起来，拿过渔网握在手里。

小渔船升起帆，慢慢驶向大海的深处。

但这天他们的运气并不算好，小船出海之后一直遇不到鱼群。李方一网一网扔出去，收回来却没什么东西，仅有的也是一些小鱼苗。

按照父亲的说法，这些鱼苗是不可以捕捞的，都要再送回大海。

父亲总说：“照顾你的网，捕捞幼鱼是罪孽的，渔网不可以沾染罪孽。”随着时间的流逝，父亲有些着急了。

他们早晨出门，现在已经到了下午，但还是收获不大。

父亲看着渔船上的木桶，总是皱着眉头。

李方已经是个娴熟的水手。他知道这还远远不够。按照学费来算，这些也就只有一小半，大头还缺着呢。

李方感受到气氛的凝重，不敢出声，只是默默地扔着渔网。

此时天色却发生了变化，天上的乌云慢慢汇聚，马上要下雨，可父亲并没有返程的意思。

李方开始还不敢多说话，但随着乌云越来越多，一场大暴雨正在酝酿。李方觉得再不回头的话，可能无法在雨下大之前回去。

李方忍不住说道：“父亲，往回走吧，要下雨了。”

“不行啊。”父亲还站在船头，手上的网丝毫不停，“现在如果回去，你明天上学的钱是不够的。”

李方说：“可是……”

父亲说：“再多等一会儿！”

李方只能沉默着继续捕鱼。

随着他们靠近大海的深处，鱼群肉眼可见地变多起来，他们有了大量的收获。短短几十分钟，收益就远超一上午的积累。

可头顶的乌云也已经厚重到要掉下来了，海面上的浪更是在逐渐变大。

李方十分担心，即使是海边出生的他，在船上也有些站立不稳，海浪已经大到令人不安的程度。

终于，父亲说：“可以了！”

父亲站在船头，把最后一网收上来，说道：“返程！卖掉这些鱼的钱，足够付你明天上学的学费了！”

父亲心中的郁结一扫而空，站在船头开心地笑着。

李方并不关心明天上学的事情，但他被父亲的笑声感染，为能离开正在怒号的大海而高兴。

忽然一个海浪打过来，把小小的渔船卷入了海浪中。

李方被迎面打来的海浪扑倒。

等他从摇晃的船上站起来，船头上却看不到他的父亲。

李方着急地大喊，马上又看见他父亲正死死地扒着船头的栏杆。

李方赶紧过去，拽住父亲的手。

李方喊："快点！快上来！"

但父亲即使在这个时候，头也扭向一边。

李方知道那边有什么，那边有更大的海浪，正携带着摧枯拉朽的力量从远处过来。

"来不及！"父亲着急地说，"你去趴倒抓好！"

李方知道来不及，但李方更知道，如果自己不帮忙，父亲是绝对上不来的。李方大喊着："不行！我……"

父亲说："带好你的网，这样你才能活下去……"

父亲话都没来得及说完，海浪就呼啸着来了。

小小的渔船被卷入海浪里。

李方被巨大的冲击力冲得扑倒在船上。

等他再起来的时候，父亲已经不见了，只有他最后的告诫还在耳边。

后来李方划着小船回到了村子，上了学，像他父亲说的，他一直没有再离开他的网。

故事讲到这里，女孩跟正在试图关路由器的妈妈说："所以你不要断网啊！年轻人可是不能没有网络的！"

山洞

从前有一个叫李方的书生，不满足于在书上读到的世界，下定决心离开家，前往世界各地探险。

他走过许多地方，始终没遇到什么危险。

现在太平盛世，明明是外出探险，硬生生被他弄得像出门旅游。

时间一长，李方觉得这样不行，亲身游历居然还不如读书上的记载来得刺激。

为了寻求刺激，李方决定接下来的探险要躲开治安好的地方，专奔着凶地去。功夫不负有心人，随着李方的多处探寻，还真让他打听到了一个凶险所在。据说有座山的北面有一方山洞，里面藏着一只远古巨兽，凶狠异常，常有人过去探险，但谁都没能再回来。

传说那边有不干净的东西，一到夜晚就能吞噬掉所有的光芒，即使是月亮最圆的夜晚，山洞附近也是伸手不见五指的。

李方对这个地方很满意，是他想象中探险的地方。

他当即收拾好行李，傍晚赶到了山洞附近的村子。

这村子是距离山洞最近的地方，再往里走就没有人烟了，当地的居民谁都不敢靠近山洞。

李方身上带的装备充实。他打算直接从村子边上绕过去，径直往山洞里去。当他走到洞口的时候，听见身后传来一声呼喊，是一个女孩的声音。

“哎，你干吗去？可不能进去！你往哪儿走啊？”

李方回过头，是一个放羊的女孩，手里拿着鞭子，身后跟着几只羊，正神情急切地看向这边。

李方说：“我随便溜达溜达。”

女孩焦急地说：“绝对不能进山洞的！你是外地来的吧，你不知道这个洞里……”

李方说：“啊，我不进去，我就散散步。”

李方说完，往山洞里走去。

山洞里格外阴冷，李方走进去没几步就陷入黑暗。他点起火把照明，但照明的区域只有小小一片，山洞里还充斥着屎尿的臭味。

道路崎岖不平，通道有时宽阔，有时又极度狭窄。李方走进去几炷香的时间，就已经摔过一次，手臂也在过岩洞时被石头划伤。

再往前走一段，他又遇到个极度狭窄的通道，只能把随身的包袱先摘下来。可他刚从岩洞挤过去，伸手抓自己的包袱，却怎么也抓不到。

而此时山洞里的水汽越来越多，打湿了放在地上的火把，李方猜测这里有地下河，想过去看看，但他既失去了火把，又失去了包袱。

李方权衡再三，还是不想回去。

他慕名而来，不能空手而返，靠着一根火把，摸黑前行。

山洞地形复杂，李方往前没走两步，就脚下一滑，从岩壁上摔了下去。落地后他立刻感觉腿上一麻，疼痛随之而来，左腿怎么也使不上力气。

李方不敢往前走了，但想原路返回也不太可能，高耸的岩壁根本无法爬上去。李方左右探查一番，忽然意识到自己出不去了，也没人敢进来，那大概率只能死在这里。

早知道刚才退出去好了。正在李方绝望的时候，远处传来脚步声。

明亮的火把逐渐靠近，之前放羊的女孩正举着火把，缩着肩膀走进来。

女孩看见坐在角落里的李方，开心地笑了一下。

女孩喊他：“你走不走？这山洞多吓人啊！”

李方赶紧喊：“走，我的腿断了！”

女孩放下绳索，待李方上来后，背着他走出了山洞。

后来李方再没独自去黑暗的地方探险，看起来再安全的地方，只要被黑暗笼罩着，他都要带个人一起。

他终于明白了队友的重要。

真人密室逃脱店铺的老板讲完这个故事，说道："明白了吧？我们这店虽然只是密室逃脱，但里面黑黑的，独身进去很犯忌讳。"

顾客茫然地挠挠头。

老板说道："所以你得等一下，看有没有人组团，这是个多人玩的剧本，只有你自己是不够开一局的。"

[相亲]

李方今年被家里逼着相亲几次，对相亲这件事一直很抵触。

来相亲的什么人都有，合适不合适的都要凑在一起尬聊，很难不让人觉得厌烦。

李方这天又要相亲。他坐在一个咖啡厅里等对方来。

女孩已经迟到了，李方不喜欢迟到，现在他只想随便跟对方聊聊，然后赶紧离开，以后再也不出来相亲了。

迟到的女孩背着一把吉他来的，她迟到了半个小时。

坐下后她就一直不停地道歉，说自己在上音乐课，花好多钱报的补习班，如果不去就浪费了，但因为自己比较笨，一直学不会。

李方愣愣地听着，本来想随便聊聊就赶紧离开，却坐那儿听她聊了一个多小时。女孩后知后觉意识到："我是不是话太多了？对不起，你……"

"没事没事。"李方赶紧说，"你讲得很好。"

李方觉得自己以后不会再出来相亲，但并非是因为对相亲厌烦。

女孩还是道歉："对不起啊，我一聊起自己喜欢的事情就停不下来。"

李方说："没事，我还挺……喜欢音乐的。"

李方觉得这个女孩好可爱。

那天相亲结束之后，李方找来两本与音乐相关的书。

他其实不喜欢音乐，也压根不了解音乐，但他想和女孩有共同话题。

后面李方约过女孩两三次，每次李方都听女孩聊她学音乐的事情。

女孩几年前毕业，这段时间兴之所至，报名了一个补习班学音乐。

李方很喜欢听女孩说话。她身上有一种磅礴的生命力，从一言一语中喷涌出来。李方感受得到女孩对生活的热爱，这是他没有的东西。而李方为了跟女孩有共同话题，胡说自己参加过乐队，是个鼓手，可厉害了。

等两人第四次出去约会时，李方已经啃完两本音乐原理方面的书，虽然从来没上手操作过，但已经能听懂女孩在聊什么，偶尔还能回应几句。

李方对此总是云淡风轻的："我说过我很喜欢音乐嘛。"

李方靠着这些理论知识，在第五次约会时，把两个人的关系加速进展到好朋友的状态。

那次女孩跟李方说："我的音乐课马上结束啦！补习班有个结业表演，我需要人帮我完成表演，你能不能来呀？"

李方一下子被问住了。

女孩又说："我其实学得不是很好啦，但如果有你和我在台上，我想应该没问题的吧。"

李方犹犹豫豫，只好说："应该……可以吧。"

女孩："还要提前排练几天，你最近有时间吗？"

李方："我有时间，但是……"

李方看着女孩充满热情的眼神，心想总不能说自己其实并不会音乐，只懂些理论知识吧。李方当天晚上翻来覆去没睡着，连第二天女孩约他排练，他也找了个借口躲开。

第三天女孩又过来约他，他也是临时找借口躲开。

可这并不是长久之计，尤其是女孩的表演时间越来越近，迫在眉睫。

李方考虑再三，终于应约前往约定地点排练。

女孩跟他的排练地点选在她家里。

李方这还是第一次去女孩家，虽然是以排练的名义，但他还是很开心。

李方进门就说："我有个事情，恐怕要和你说一下。"

女孩手里拎着两把吉他，递给李方其中一把，着急地说："快，我们得排练起来，前两次你忙工作，已经耽误了不少进度。"

李方："对不起啊，之前……"

女孩："没事的，工作毕竟是正事，很重要的。"

李方："其实前两次不是因为工作耽误了，而是……"

李方犹豫再三，放下手里的吉他，说："而是我其实并不会乐器。"

李方生怕女孩生气，赶紧继续说道："我也并不懂音乐，我知道的那些知识，都是认识你之后，自己看书学来的。我之前从来没学过音乐，偶尔听听流行歌，也是软件给我推什么我就听什么。我只是想和你有共同话题，因为我第一次看见你就好喜欢你，我……我不是故意骗你的。"

女孩面无表情地抱着吉他，她的对面是手足无措的李方。

李方的声音越来越小："你生气了吗……对不起……"

但女孩忽然笑了起来，开心地说："你早说嘛，看你懂那么多，我还怕你嫌我学音乐不认真，嫌我太笨。"

女孩放下吉他，转身坐在沙发上，放松地伸了个懒腰。

李方再次试探着问："你……没有生气？"

女孩摇头。

"那真好，而且你看……我也不全是胡说，我确实是个鼓手。"李方说，"你看我退堂鼓打得多好。"

随机攻击

未来某一天，人类面对敌人的攻击节节败退，却没搞清敌人是谁。

从几年前开始，每到夜晚，全球某一地点便会出现人员伤亡的事件，伤者的伤口每次都是三道整齐的口子，而凶手又从来不见踪影。

地点随机，死者随机。

凶手流窜的速度极快，昨天还在非洲，今天就能到欧洲。

即使是全世界政府联合，都无法捕捉到凶手的任何踪迹，甚至无法通过伤口推测出凶器是什么。

开始时流传过一些推测，最常见的是，有人猜这是因为房价越来越高，导致犯罪增多，可能是全球性的有组织犯罪。但由于伤口的特殊性，这种说法慢慢立不住脚。

人类专家公认这是一种超出人类认知的武器，即使是制造出来也颇为困难，更不用说分布全球。

之后主流说法是外星文明的侵犯，其中夹杂过一点小声音，一个网络萌宠视频博主说爪印像猫的，或许凶手是猫？但在全球每天都有人被杀的大背景下，这个声音很快被人们的恐慌淹没。

时至今日，人类社会分崩离析，只有极少数人在大崩溃中幸存，但仍然没逃过未知凶手的追杀。每天都有人离奇死去。这个时候，一支车队慢慢开到一栋破败的大楼里。李方从车上下来，身后跟着个副手，手上提着一个不锈钢的箱子，箱柄和手腕铐在一起。

停车点周围全是废弃的家具和车辆，有一些还有被焚烧过的痕迹，大崩溃过后，全球所有城市都是这样，破败不堪。

不过面前的大楼还是有些不同，虽然看起来是破败黝黑的楼体，但有几根电线在楼外摇摇欲坠，不太起眼，说明这栋楼里还通电。

李方敏锐地察觉到，角落里还依稀能看见两个摄像头。

李方解开一粒衣服扣子，走进大楼里，朗声说道："有人在吗？"

李方面朝几个摄像头："我没有武器，只是来跟你聊点事情。"

但并没有人理他。

李方给副手使了个眼色，副手开始在地面上寻找，最终找到一个通往地下的入口。

副手小心打开入口处的盖子，本来是地下水管道的地方，一丝臭味都没有，打扫得非常干净。

副手沿着梯子慢慢下去，打出一个信号。

李方浑身放松下来，也沿着通道走下去，看见地下摆着许多台电脑，还有一些浮夸的现代化设备。显然，在这座废弃的城市里，这个下水道应该是整座城市科技程度最高的地方。

而管道中间摆着一个床垫，上面躺着一个胡子拉碴的男人，睡得很死。

李方走过去把人喊醒。胡子拉碴的男人醒过来，看见李方丝毫不惊讶，反而只是揉揉眼睛，说道："要喝水的话，那边有干净的。"

李方不喝水，问他："十五年前，是你在网上发消息说凶手像只猫？"

"胡子男"说："你们来秋后算账的吗？这也太晚了点。"

李方把副手手腕上的箱子解下来打开，里面是许多的图片和文字资料。

李方说："我是来自前线机构的，知道前线吗？我们是最后一个还没放弃的人类反抗机构，我们经过这些年对凶手资料的整理和习性的了解，排除了几乎所有的可能性。"

李方把资料扔在"胡子男"眼前："全世界提出的假说一个个被排除，不是外星人，不是人类，不是病毒变异，所有可能性都不存在，除了你当年开玩笑一样说的那个。"

"胡子男"说："是只猫？"

李方说："如果是，这是一只能在全世界移动，且能杀人的猫。""胡子男"挠头。

李方说："目前我们对它下一步的行动做了些预测，需要你的一些建议，你这几年没有闲着吧？"

"胡子男"叹气，说："我做了一些研究，但如你所见，我只是一个人，而且始终没人认可我的猜测……"

李方把他从床垫上拽起来："如果我们能知道猫今晚要去的地方，而且基本能确定这是只猫，那我们要怎么办才能制止它？"

"胡子男"再次叹气："我说出办法来，恐怕你们都不会信。"

十分钟后，车队从停车点离开，朝着城外开去。

机构一共预测了三个地方，全部是猫可能到达的地方，而"胡子男"只给出一个建议，这个建议让人匪夷所思。

当晚，"胡子男"和李方来到其中一个预测点，是个公园。

如果不出意外，按照凶手的行动规律，今晚它会袭击所有在这里的活人。而"胡子男"和李方坐在长椅上，周围再无其他人。

"胡子男"问："你的副手没有来啊？"

李方语气冰冷地说："他不来，如果我死在这儿，他负责把我的工作继续下去。"

"胡子男"说："希望他一时半会儿还不用升职。"

事实也正如"胡子男"所料，今晚一切顺遂，没有人死亡。

在猫开始杀人的第十六年，头一次出现整晚无人死亡的情况。

"胡子男"的计划生效了，随即这个办法被全世界的幸存者得知："在你面前摆个纸盒子，越大越好。"

这个猛一听非常奇怪的办法，发挥出了巨大的作用。

"虽然它行踪古怪，但本质上是猫，养过猫的都知道。"后来"胡子男"对此解释说，"给它个纸盒子它就不黏人了。"

[布料]

李家做的是布匹生意，这一代的掌门人是李方，掌管着整个家族的买卖。本来他们家在小镇上是独一家，但近年来，镇子上的布匹店逐渐多起来。虽然李家还是镇子上最大的布匹商户，但李方最近睡得不好。

前天新过来一家姓胡的商户，放着鞭炮开了家新布匹店，大张旗鼓在当日宣布，胡家有一种新的染色技艺，颜色漂亮异常。

不仅如此，胡家还自称他们的制布手艺领先全镇同行，可以做出最顺滑的布料。李方从自家弟弟嘴里听说了这些事情。

李方弟弟去现场看了，还亲自上手摸了摸胡家的布匹，回来后跟李方说，那布确实不是凡品，胡家是有点真本事的。

李方作为李家的掌门人，当然不能亲自去胡家看，只能在家里犯愁。

胡家宣布，要在三天后把新布上市。

如果像弟弟说的那样，真的是特别棒的布，加上一流的颜色，李家在镇子上的地位恐怕不保。

按李家的底蕴，胡家一时半会儿不可能把家里的生意都抢走，但时间长了也不是没可能。

最主要的是，弟弟从小在李家，这一行什么技艺没见过，还能赞不绝口，李方作为掌门人，不能不未雨绸缪。

弟弟倒是有个主意。

弟弟说："我以前在公园遛鸟那阵，认识一个闲人，有几杯酒的交情。这人平时不务正业，这次却巧了，胡家刚来我们镇子，根基不稳，无人可用，就把他喊去看仓库了。哥哥，你要是担心，我们让他放我们进去，把布料偷出来一些。”

李方说道：“偷出来有什么用，总不能把他的仓库搬空。”

弟弟又说：“哥哥，你糊涂，我们李家在这行折腾了几代人，只要能拿出一匹半匹，依着他的样子做，怎么不能做得比胡家强？”

李方心想这倒是有道理，但是偷人家布匹并非正路，李方心下有许多犹豫。当时李方与一户人家的小姐交好，两人时不时交流诗词歌画。

一日，李方再去，小姐跟他吟诗作对到一半，忽然说道：“按例我明日也该来，但明日不来了。”

李方问起原因，小姐开始不愿意讲，李方问了三两次，小姐才有些不好意思地说：“听说胡家有一种新布匹样式，我有个姐妹，与胡家的少爷相识，明日说拿出来给姐妹们观赏，于是我想，耽误一天也不打紧。”

李方听见这个顿时犹如五雷轰顶，本来只是生意上遇到对家，心烦归心烦，还不至于让他起什么歹意，但现在牵扯到儿女情长，他的理智瞬间断线。当天跟小姐分别，李方浑浑噩噩地回去，正好看见弟弟在院子里踱步，就把弟弟叫进房里，兄弟俩一起商量。

当天晚上两人谁也没睡，李方让弟弟联系以前的朋友，偷偷拿点布匹回来。李方掌着灯，在屋里等到深夜三点多，听见外面有车马声，他开门一看，弟弟抱着匹布从外面回来。

李方问：“顺利吗？”

弟弟挺高兴：“顺利，没被抓住，少这么一匹布他们应当也不会发现。”弟弟把布放在桌上。

李方一看就知道，确实是上好的布，这个触感，这个颜色，一旦进入市场，定然能引起巨大的轰动。

本来李方还想等天亮再说，但他一看这个布料，就等不及天亮了。真等天亮他不仅要失去姑娘，也要失去这家业了。

李方把家里的老师傅们都叫起来，连夜仿制。

得亏李家在这一行折腾得久，经验和人才积累充分，一晚上真让他们研制出了类似的布料。

第二天，他们更是加班加点制作出几批布料，只等胡家一发售，自己这边立刻开始上市，同时争抢市场。

但就在发售日的前一天，胡家少爷悄悄乘马车来了一趟李家。

胡少爷跟李方见面就说："仓库那个人是我们故意安排的，知道跟你家弟弟熟识，露给你们看成品，因为我家并不在意。现在你家应该也仿制出成品了吧，给我看看如何？"

李方脸上觉得臊得慌，毕竟偷人东西走的歪门邪道，就真的带胡家少爷去看了仓库。

仓库里堆放着仿制的新布。

胡家少爷看见布料就说："你看，我就知道会这样。"

胡家少爷打开一卷，跟李方说："你们李家确实厉害，不仅仿制出颜色，还揣摩到了真东西。但这个布料有点特殊，你不能向里面叠，你要向外叠，让料面与料面不接触。"

胡家少爷给李方看，现在这仓库里的布料，颜色都开始发黄了。

胡家少爷把布料放李方手上，说道："你们向内侧叠的，料子已经败了。"李方面上无光，自己做了如此龌龊的事情，居然还失败了。

那天之后，胡家按照计划上市了新布料，但李家并没拿出相应的竞品。

几年间，李方也不怎么露面，李家的存在感越来越低，仿若不存在了一般。后来李方大病一场，之后李家搬家，彻底离开了小镇，把这一块的市场让给了胡家。

[财宝]

从前有个国王，他手里拥有巨额的财宝，但全被他藏了起来，谁都不知道这些财宝在哪里。

时间一天天过去，国王也越来越衰老。

直到有一天，国王快要去世了，他把所有的孩子叫在一起，拿出一个盒子说："我这辈子有许多财富都藏了起来，以备不时之需，如果有一天你们需要用到，线索就在这个盒子里。"

随后不久，国王去世，盒子被藏在王宫一座高高的塔内。

国王最小的女儿住在塔里，终日守护着盒子。她随身带着盒子，把它用一根好看的丝带绑在腿上，终日不解下。

高塔后面是悬崖，小公主困在高塔内，无所事事，就整日望着悬崖发呆。高塔内没有外人，小公主平时也没有什么朋友，除了贴身的宫女，平日里能见到的只有一个保镖，叫李方。

据说李方以前是个有名的武士，身上背负着血海深仇，可不知道什么原因，从某天开始给国王卖命了。在小公主拿到盒子之前，他就一直隐居在这座塔楼里，每天背着一把剑，从来没有任何表情。

小公主无聊时喜欢去找神秘的保镖聊天，但李方从来不会回答她。

两个人待在塔楼里，守着老国王的财宝，生活非常平淡。

可外面的世界并非如此。

老国王去世后，全世界都觊觎这份财宝，而几乎所有人都知道，老国王的这些孩子无法抵御外敌。

在老国王下葬后的第三年，敌国军队开始发难。短短两个月，王国的都城外面已经围满了敌军。

王国上下无法反抗，就连皇室也开始害怕，试图逃跑。

现在的国王，也就是老国王的大儿子，他琢磨说：“我虽然已经无法挽回什么，但起码可以带着钱逃跑，这样还能保证接下来的生活。”

于是他没有告诉任何人，准备偷偷去高塔里找妹妹，拿到老国王留下来的盒子，而后逃跑。

但他没有来得及这样做，因为敌人已经攻进了王国，目标是塔楼。

平静日子过久了的李方和小公主，谁也没有察觉。直到大军包围了这座像孤岛一样的小楼，李方才意识到发生了什么。

李方迅速冲进楼里，把正熟睡着的小公主叫起来。

塔楼是有地道的。

李方拉着小公主在红砖石砌成的地道里奔跑，这里到处都是灰尘和小虫子，小公主害怕极了。她和李方说：“我们这样，能跑到哪里去？”

李方一如既往，没有回答，只是拉着小公主跑到地下通道的尽头，那里有一扇腐朽的旧门。

李方拉着她站在门前，头一次说出话来：“王国恐怕已经覆灭，但你要活下去。”

李方一脚踹开门，冷风从外面灌进来，风呼啸着。

这扇门开在悬崖上面，有一条狭窄的山路贴着峭壁蜿蜒向下。

李方对小公主说：“你和你的几个愚蠢兄弟不同，你更像你妈妈。”

小公主没见过自己妈妈，只知道妈妈是因为难产去世的。

小公主说：“你见过我妈妈？”

李方摸了摸小公主的头，脸上破天荒地有了表情，那是一个微笑。

李方说：“你的眼睛很像她，你和她一样聪明。”

小公主抓着李方问：“你见过我妈妈？你和我说说她的事情吧。”

李方简单说道：“我跟她自幼相识，那时候一切都还来得及，后来她进了王宫，而我……”

李方推开小公主的手，让她站在门外，最后说道：“沿着路下去，我帮你拖延时间。”

李方从小公主腿上解下盒子。

小公主还想继续问，但李方说道：“你先逃到峡谷底下，如果我能跑掉就去找你，然后把所有事情告诉你。”

而后李方关上了地道的门，独自反身到高塔里。

此时敌军已经到了楼里，没人把注意力放在寻找小公主上。而李方拿着盒子，站在顶楼威胁敌人，如果他们再往前走，他就带着盒子跳下去。

敌人不敢太向前，只是围着李方。

李方身后是悬崖峭壁，而身前是一眼望不到尽头的敌人。

李方已经陷入了绝境。

但他从一开始就计划好，没有给自己留生路。

在他感觉时间已经足够小公主走远之后，他带着盒子，从高塔上跃下，摔入万丈深渊。

几十年后。

在一座城堡里，某个深居简出的老太太接见了一个记者，讲出了上述故事。记者只知道她很有钱，却不知道她还有如此传奇的过往。

已经老去的小公主，声音沙哑，最后说道：“等我再回到悬崖底下，寻找李方的尸首时，已经找不到他的骸骨了。他从自然中来，野兽把他零散的尸体再度带回大自然。我只找到了盒子，也顺着里面的线索找到了宝藏。”

记者问：“从那么高的地方摔下来，盒子居然没坏，里面是什么？”

小公主说：“盒子本身坏了，但里面的线索没坏。”

小公主拿出一个方块形状的东西，说道：“我父亲把宝藏的信息保存在了里面。”

记者问：“这是什么？”

小公主摇头，她也不知道这是什么。她长按开机键，说：“只知道好像是叫诺基亚，太结实了，这样都摔不坏。”

侦探精灵

在山的那边海的那边，有一群小精灵。

它们生活在与世隔绝的地方，喜欢唱歌跳舞，世世代代都过着与世隔绝的生活。

但这天小精灵世界发生了凶杀案，有一只小精灵在家里遭遇了谋杀。

小精灵世界迅速集结一支队伍，试图查明凶手是谁。侦探小精灵也参与到了行动之中，它是小精灵世界的第一侦探，最擅长推理。

它首先去案发地附近排查，走访了附近的邻居。

据周围的邻居说，死亡的小精灵是个好人，做的是卖咸菜的生意，平时跟邻居相处非常和睦，还经常送咸菜给邻居吃。

侦探根据死者的职业，去了一趟菜市场。

菜市场的精灵们也是同样评价，死者是个好人，对菜市场的其他人都很好，甚至一直在菜市场收集些边角料来喂养周围的小动物，是个有爱心、与人为善的小精灵。

侦探打听一圈，死者从来没什么仇人，那为什么会被杀呢？

这时，侦探查到一个线索，死者不仅对周围的小动物很好，对一些孤儿小精灵也很好。

死者本身没结婚，但早几年领养过一个小精灵孩子，如果算年纪，孩子现在已经十几岁了。

可侦探发现，从最开始一直查到现在，它从来没有看到过这个孩子，也未曾听闻这个孩子的下落。

侦探马上把这条消息共享出去，顺便查看其他调查者找到的信息。

据其他调查者说，死者的致命伤在脖颈，第一道伤口在腿上，第二道在腰上。

侦探倒吸口凉气，根据伤口来看，凶手身高偏矮。

侦探立刻从菜市场回到居民楼，跟邻居打听领养孩子的事情。

结果最后一个见过孩子的人是看门的门卫精灵，它看到孩子的那个下午，孩子背着个包跑了出去，从此就再也没回来。

而那个下午，正是死者被杀的当天。

侦探立刻把情报反馈回去。

鉴于这是小精灵世界罕见的一起谋杀案，并且在侦探的推理下，这很可能是一个被收养孤儿针对养父的谋杀，行为极其恶劣。

小精灵们立即投入了巨大的人力去侦查，很快找到了孩子的踪影。

根据一个猎人小精灵的交代，它曾在森林边上看见过一个小小的身影。

不过猎人也讲，它常在森林边上看到一些矮小精灵的身影，所以说不准是不是那个孩子。

但即便如此，侦探也没有放弃这条线索，连夜收拾好背包，天一亮就跟着猎人扎进了森林里。

森林中的路非常难走，猎人带它走了整整一天，才终于到达上次看见小小身影的地方。

侦探在这个位置没有发现什么线索，但猎人查看足迹，判断看见的那个小小身影往森林的深处去了。

两个人又继续往前走，越是往前路越是难走，天色也慢慢昏暗下来。

夜晚的森林，一切都笼罩在雾里。

猎人和侦探只能找块空地，烧起一个火堆，准备在这片森林里露营。

侦探的情绪有点差，在这个地方折腾一整天，却没有丝毫收获。而且森林比想象中大，他觉得自己进来得有些冲动。

物资只够两天，如果明天仍然毫无收获，它只能空手撤出去。

睡在野外，侦探晚上睡不踏实，蒙眬中听到周围有人走路的声音。

侦探立即起来，偷偷循着窸窸窣窣的声音往前走，却发现到了森林中的一个洞穴前。

洞穴前有许多水缸，每个水缸中都窝着一只小精灵，侦探听到的脚步声，正是从外面回来的水缸小精灵。

这位小精灵走到山洞口的时候，还有其他精灵问它："情况怎么样？"

它就讲："没人怀疑到我们，你的主意是对的。"

那小精灵说："是吧，我就说把它孩子绑架藏起来，这样大家就都以为是它的孩子行凶了，没人会怀疑我们的。"

回来的小精灵说："是的，你猜对了，但还是很危险，以后不要下山去偷水缸了，我们现在水缸够多了吧？"

洞口的声音说："够了，这个卖咸菜的老板家水缸多，它准是为以后腌咸菜囤的，按我们现在的人口完全够用，但是以后说不定……"

侦探听到这里才恍然大悟，原来之前自己误会了。

山上居然居住着一群矮人小精灵。

它们把水缸埋在山洞附近，充当自己的床，而当水缸不够的时候，它们选择了去卖咸菜的老板家里偷，害死了老板，并把它的孩子绑架来，转移侦探们的注意力。

"真是罪大恶极！"侦探心里想着。

它目测了一下，现在这里的小精灵人数不少，自己不是对手，要赶紧带着情报回去，把消息传达给大家。

侦探往后退了一步，却听耳边响起声音："哥，你咋不好好睡觉，跑到这里来干什么？"

侦探心中大呼"不好"，猎人跟着自己过来了，但它根本不知道发生了什么。

猎人说话的声音太大，肯定会引起水缸小精灵的注意。

侦探眼看着一群小精灵从水缸中爬出来，小精灵们嘴里还喊着："谁？是谁？谁在附近？"

侦探只能冲着猎人喊："跑！快跑！"

两人迅速逃跑，侦探分析了两个人的体能差距，一起跑可能谁都出不去，而自己体能显然不如猎人好，那不如自己给猎人断后，让猎人把消息带出去。

侦探说道：“你快跑！我帮你拦着它们，带话出去！”

猎人不知道发生了什么，有点手足无措，凭借本能在逃跑，还问道：“什么话？”

侦探不假思索地说：“水缸精灵都是坏人！”

70 ［ 工作 ］

张可可是一个公司的老板，手底下有几十个员工，公司的规模只算中等，但每天她压力都挺大，睁眼就是忙不完的生意、见不完的客户，还有一不留神就会下跌的收益。

压力大作用到情绪上，着急是常态。

张可可每天情绪都不好，对人的态度也跟着差，所有员工都被张可可凶过。有时候张可可情绪上来，连朋友也不放过。

就连张可可自己都知道，公司上下给自己取了个“母老虎”的外号。

张可可并不想这样，大部分时候她都在控制自己的情绪，但事情忙到最是要紧的时候，身边的同事却惹出麻烦事，她的情绪就容易失控。

除了忙工作，张可可最近还谈了恋爱。

男生是“玩艺术的”——张可可喜欢这么定位他。

准确地说，男生是一个漫画作者，脾气非常好，长时间在家里工作，需要接触的只有网站编辑，平日里精神状态很稳定。

张可可喜欢和脾气好的人一起待着，好像这样能去除自己情绪里面的急躁。他们一起出去吃过几次饭，后来顺利确认了关系，还搬到一起住。

张可可常给男生讲自己的事，比如这天情绪失控了几次，分别跟谁发过脾气，自己有多么后悔。

这天两人吃完饭，依偎在沙发上看电视，张可可又说起来这天的后悔事：她骂了自己一个员工，更难过的是，被骂的员工当天下班就递了辞呈。

男生建议说：“你要不尝试一下控制脾气？”

张可可说：“我已经尽量不发脾气，但有时候……”

男生又说：“或者换个思路，在没发脾气的时候对大家更好点？”

张可可把这话听了进去。

第二天她坐在自己的办公室里，心想：怎么在自己冷静的时候，对大家好一点呢？

下午三点，张可可给大家订了全套的下午茶，茶果点心摆在会议室里。张可可往桌子边上一坐，发现所有人都在看着自己，谁也不碰零食。

张可可就说：“大家吃呀。”

可所有人还是大眼瞪小眼互相看着，谁也不敢先开始。

张可可没想到事情会这样发展。

晚上回去之后，张可可跟男朋友聊了这件事。

张可可感到沮丧。她觉得自己长时间的差情绪，已经切切实实影响到了身边的人，现在大家已经开始警惕和戒备自己，以后恐怕会更加严重。

但男生还是有别的看法。他说：“有时候人和人的接触，不仅仅是需要买下午茶，真心比其他的都重要，或许你可以选择更简单的办法。”

张可可说：“更简单的办法能有效果吗？”

男生说：“试试看嘛，比如你微笑着去上班，对人友善、开朗一点。”

当天晚上，张可可许久没有睡着，大半夜坐在梳妆台的镜子前，看着自己的脸。

微笑？这是自己许久没有过的状态。

张可可对着镜子微笑了一下，这张脸连自己看着都陌生。

当天晚上，张可可在镜子前试图笑得更友善。

第二天一早，张可可从进公司大门开始，就一直让自己的脸上保持微笑。不管是和下属聊工作，还是见客户，她一直保持着和蔼的微笑。

可旁人的反应并没有变，张可可微笑了一整天，始终没见到谁因此不怕自己。大家对待自己、对待公司，还是之前的样子。

等到晚上下班，张可可实在忍不住了，就把公司的前台叫进办公室。

前台是长时间保持微笑的人，而且大家跟她的关系都很好。

张可可想问问，但不好意思直接问。张可可绕着弯子说：“今天怎么大家的心情普遍不是很好，你知道原因吗？”

前台说：“没有呀，您今天不是心情挺好的吗？看您一直笑着。”

张可可一听，心中的疑惑更深，原来自己想表达的友善有传达出去，那大家怎么对自己没什么改观？

张可可就问：“大家没心情不好吗？”

前台犹犹豫豫的：“您要是实在想问……倒也……”

张可可心里一急，脾气又上来了，微笑也保持不住了，一拍桌子：“快说！是因为我吗？”

“不是不是，您想多了，跟您没关系，主要因为……”前台吓得一激灵，说道，“因为后面要放小长假，这周末调休了。”

[奶茶]

李方是一个小丑，在马戏团工作，每天脸上抹着厚厚的油彩，带着夸张的假笑，闹出不同的笑话，来让买票入场的观众笑出声来。

时间一长，李方变得只会假笑。

不管遇到什么事情，他下意识的反应是扬起嘴角，这形成了肌肉记忆。

笑容成了李方的面具，摘不下来。

李方妈妈去世后的第十二天，李方的车被剐蹭了。

李方的车在楼底下停着，路上过来一个半大不小的混混，明显是喝多了，拿着破碎的酒瓶，从李方车边上过去时，挥手给他的车门来了一下。

李方当时就在车边上。

混混举起酒瓶子碎碴威胁李方，李方下意识地露出一个微笑。

等李方反应过来时，跑过去想拉住混混，混混已经跑掉了。

李方摸了摸车门上的划痕，修这个不知道要多少钱，李方也没太多钱，但李方还是微笑了一下。

他实在是太难过了，难过到只能咧开嘴扯出一个大大的笑，除此，他给不出其他的反应。

这天李方来不及去修车门，他要去见女朋友。

女朋友约他在一个商场门口见面，说要聊一聊。

李方不过去也大概知道要聊点什么。

自己太穷了，女孩又到了想要结婚的年纪，跟着自己当然是看不到什么未来。那不管女孩做出什么选择，都是理所当然的。

李方不想去面对这件事，但也没更好的办法。他是一个小丑，这个职业不是什么高收入的职业，他自己也没太强的能力，没什么其他赚钱的事情可做。李方开着带有划痕的车，停在商场的车库，给女朋友发消息。

女朋友隔了一段时间回过来说："我在门口呢，一起喝杯奶茶吧，也不是什么大事。"

怎么会不是大事呢？

李方从地下车库出来，走到奶茶店门口，隔着厚厚的玻璃门，看见女朋友坐在奶茶店里，不停地看手腕上的表。

李方进去熟门熟路地点了两杯奶茶，其中一杯多加椰果不要珍珠。

女朋友不喜欢喝珍珠，李方记得。

奶茶店里此时没什么人，只有李方和女朋友，两人各自坐在一张窄窄的小桌子两边。

女朋友简短地说："我想分手，我们不太合适。"

李方："多合适呀，别说这个，都三年了……"

女朋友："我觉得你呀，人不错。"

李方："是吧，我还行。"

女朋友："别当我夸你呢，你也就是人不错了，你没上进心啊，过日子又不是看谁不错，看的是谁用心。"

李方也明白，说到底女朋友还是嫌自己穷，只不过换了种委婉的说法。

但李方没脾气。李方也嫌自己穷，谁都想赚钱，可总归不是谁都能赚到钱的。女朋友说："所以这事你也别怪我。"

李方说："我不怪你。"

李方其实还想说："我不怪你，你能不能别走？"

但女孩没给他机会。

女孩觉得话已经说完了，直接站起来说："你不怪我就好，我先回了，还有别的事。"

李方想挽留一下，但说不出口。他心中充满了悲痛，说不出话来，只能咧嘴报以一个夸张的假笑。

女孩拎着包走出门，径直走到街边，上了一辆看起来挺贵的轿车。

李方之前有看到这台车，在路口等了一会儿。

奶茶店老板端着两杯奶茶走过来，正好看见这一幕，默默地把奶茶放在桌子上，想安慰李方，但看见李方给了自己一个超级阳光的微笑。

老板就说："哥们儿，你还能笑出来啊，你的心态真好，要我肯定特难受。"李方也很难受，但李方只能笑。

如果李方有办法克服这个问题，他一定会在奶茶店里大哭一场。

但他哭不出来。他咧开嘴就只会笑，笑着表达自己的悲痛。

他甚至都没想到分手会如此迅速，连奶茶都没来得及端上来。

李方不想笑，没什么可笑的，女孩已经坐进车里，在街角消失不见。

李方看着桌子上的两杯奶茶，全部被打开了，但一杯都没有喝。

他忽然不想继续在这里咧嘴。

李方拿过本该是女孩的奶茶，吸管咬在嘴里，狠狠地吸了一口，奶茶里的椰果被吸进嘴里。

李方不喜欢椰果。他其实更喜欢珍珠多一点。

李方忽然想到，以后点奶茶可能不需要多加椰果了，以后正常加珍珠就好。想到这里，李方的眼泪竟然流了出来。

奶茶店老板看见，还说他："哎，兄弟，你怎么还哭了？感觉你心态挺好的。天涯何处无芳草，别往心里去呀。"

"不是的。"李方抹掉眼泪，终于没有咧开嘴笑，这件事情过于悲痛，以至于让他无意中纠正了自己的问题。

他笑不出来，即使面对再痛苦的事情，他也没哭过，想不到这天却在这件事上破例。

"不是因为失恋。"李方捧着奶茶说道，"主要因为这个纸吸管，可真是太难用了。"

[铁锅]

凌晨的一声惨叫，打破了小镇的平静。

那天太阳升起之后，人们走在街上交头接耳，开始谈论那声惨叫。

人们好奇发生了什么，许多人开始猜测，有些猜测指向了一些粉红色的内容。

除了李方。

李方是这个小镇的捕快，此时他正跟着捕头站在日落饭店的后院。在他们对面，饭店掌柜哆哆嗦嗦地站着。

捕头一手拄着刀柄，单脚踩在院子里的石凳上，对饭店掌柜说："你再说一遍？"

掌柜说："大人，我真不知道，我也在屋里睡着呢，我这人睡觉沉，打雷都不醒，那时候天都没亮，我更听不见，我只是……"

捕头很不耐烦，用刀敲打石凳："说重点！叽叽歪歪的。"

"是。"掌柜赶紧赔不是，"我没听见，但我家里人都听见了，说是天快亮那会儿，忽然侧厢房发出惨叫，叫的声音还挺大。侧厢房是给我们饭店伙计住的通铺，我一般不过去，声音大不大我不知道，反正我没被吵醒。"

捕头"嗯"了两声，又说："你的意思是你睡着了，不知道谁犯的事？"掌柜说："真不知道。"

捕头把腿从石凳上拿下来，甩着大胯走到侧厢房门口，看向里面。

一个人倒在地上，半颗头被砸扁，血水流了满地，显然已经死了。

而在这个人的头边放着一口铁锅，原本该埋在灶台上，此时却倒扣在地上，锅沿上沾满了血迹。

虽然看起来非常离谱，但这个现场，不管是谁过来看，都想不出其他的结论，只能是：有人用一口铁锅砸死了人。

捕头说：“死者都这样了，我总不能以为他自杀吧。”他又指指院子，“这又是你家，你不知道，说得过去吗？”

掌柜急得要给捕头跪下了：“大人明察啊，我真不知道，我一家老小都是老老实实做人。”

李方站在边上，眼看着这一切。

他倒是愿意相信掌柜。

早晨掌柜衣衫不整地跑到县衙门里，把正在睡回笼觉的捕头吵起来了。

再之后，捕头带着李方一群人过来查看，挨个盘问饭店后院的人员，掌柜脑门上的汗始终没有停过。

看掌柜这个表现，像是受到严重惊吓的样子，他说他不知道，倒是有几分可信。

李方若有所思。

捕头问他：“方子，你觉得呢？前面几个案子全是你破的，你现在就是个小神探，你说说。”

李方摇头说：“没什么想法。”

捕头说：“哼，不行了吧，我盘问这一整遍，已经看出来了。”

李方说：“大人厉害，谁犯的案子？”

捕头也不跟李方说，而是一抬手，说道：“抓那个叫王四的！”

旁边一个叫王四的人还没反应过来，两边的捕快冲上去，猛地抓住他的胳膊。

王四登时傻眼了，“扑通”一声跪在地上：“大人，大人……冤枉啊，大人……我……”

捕头冷笑一声。

“冤枉？”捕头的语气非常不屑，“跟死者住一间屋，他都那样了，你却毫发无损，你说得过去吗？”

王四说："我……我也是被惨叫声吵醒的……"

捕头说："那你说是谁杀的人？"

王四两手一摊："我也没看见呀，我真的没看见！我冤枉啊……"

捕头说："你冤枉？哦，你小子的意思是，人不是你杀的，而是有个人翻墙跑到这院子里，什么都不偷，还放着后厨那么多刀具不用，偏偏端起个铁锅把你旁边睡着的人砸死了，然后在你醒过来之前走了？你当大人我是笨蛋吗？我看就是你小子！"

李方听完精神一振，捕头这套逻辑，猛一听还挺有道理。

王四一时间哑口无言。

李方沉思一下，跟捕头说："大人，凶手会不会另有其人？"

捕头："嗯？你有想法？"

李方："有一点点小想法。"

捕头："你早说啊，这样显得我多没面子。"

李方："要不是大人您帮我声东击西，成功拆穿凶手的伪装，我定不能抓住他的马脚。"

捕头："哎，对了，我是这么想的，放开王四吧，抓……抓谁？"

李方："凶手是掌柜。"

捕头大喊："抓掌柜！"

掌柜更加汗如雨下，被一众捕快按在地上后，还在那儿喊："不是，大人，不是我啊！"

李方过去问王四："是不是掌柜杀人，还威胁你，让你不敢指认的？"

王四缩着脖子在那儿，看看掌柜，又看看李方，好在是看清楚了局势，小心翼翼地点点头。

李方过去跟掌柜说："谁会跑到饭店里拆锅啊，是你授意你家伙计干这件事的吧？"

掌柜还想否认，但底下的伙计有人扛不住了，大喊："就是他！就是他！不关我们的事！"

李方对着掌柜一摊手："你看，你不老实吧。"

忽然有了人证，证据确凿，掌柜也就放弃了抵抗，承认自己杀人的事情，被捕快们押回衙门。

捕头走在押送队伍最后，悄悄问李方：“你怎么看出来他有问题的？”

李方说：“多明显，凶器是口锅呀。”

捕头说：“我知道啊，但为什么是掌柜呢？”

李方说：“那东西换别人搬都搬不起来，不是他是谁。”

[宇宙探测]

未来某一天，地球变得不再适宜人类居住。

最开始只是一场洪水，后来持续气候变暖。科学家敏锐发现了异常，在人们还岁月静好的时候，由多国组成的人类科考联合队，已经在寻找人类的新家园。

李方是科考队伍的一员，十八岁之前没离开过自己家乡，在南方一个小镇生活。

如今他已经在宇宙中飘浮了不知多少岁月。

航行器上是他的一个小团队，总共三个人。这一批的科考队伍有数百人，每三四个人组成一个小团队，建立了宇宙信箱相互沟通。大家虽然不在一起，但目的是同一个：寻找人类新家园。

三年前，这个庞大的科考队伍从一个类地行星上收到电波，他们猜测那边有智慧生物，而李方的团队是距离该行星最近的。

时至今日，他们三人已经朝那个方向航行了整整三年。

“我们已经到达行星外围，从此处可以检测到行星数据，大部分数据符合人类居住标准，但未检测到该行星有任何电波信息。”

李方录制好音频发送到宇宙信箱里，这是科考队员之间使用的大型通信工具。因为在宇宙里不可能做到及时通信，大家只能把各种信息上传，给所有能读取数据的人传达消息，就像信箱一样。

李方继续录制，说：“目前能确定之前收到的电波来自于这颗星球，但具体发生了什么，还需要等明天到达后探测，现在的猜测是……”

李方说到这里停了一下，看向他旁边的张可可，张可可也在看他。他们是一个团队的，之前就这件事达成了共识。

李方说：“现在的猜测是，我们来晚了，该行星上的文明已经消逝。”

李方放下麦克风，录制结束。

张可可安慰他说：“放心，时间还没有间隔太久，我们不会白跑一趟的。”李方并不放心。人的生命是有限的，尤其是在宇宙这种空间里，动不动就是上百上千年的跨度，他们无法承受太多次无功而返。

航行器一点点靠近行星，在绕着行星探测一圈之后，于次日清晨平稳地降落在地面上。

李方走出航行器的一瞬间，以为自己回到了地球，可星球上的模样与地球相距甚远。

他们确实来晚了，星球上的建筑已经成了残垣断壁，植被疯狂地生长着，地上到处是人工制品。

李方打开宇航服里的录音设备，说道：“我们眼前的景象表明，此处曾有过高度发达的文明，但由于某种原因已经消失殆尽，我们仍未知道，之前收到的消息是谁……”

李方还没说完，听见张可可喊他：“队长！”

李方赶紧结束录音，跑到张可可身边。

此刻张可可面前耸立着一个三层楼那么高的金属物品，像一个巨大的球形雕塑。

张可可手里拿着信号接收器，说：“和我们之前收到的电波同频。”

李方明白张可可的意思，人类收到的电波是由这个圆球雕塑发出去的。而显然，这个金属制品是这里的文明遗留。

李方说：“检测一下此处是否符合生存需求，在信箱里标注结果。”

张可可说：“收到。”

张可可刚说完，手里的仪器忽然亮起来，上面显示一串代码。

李方和张可可一起看向仪器。

李方对这个玩意理解不深，团队中张可可是宇宙通信方面的专家。

李方问她说：“目前什么情况？”

张可可边破译代码，边说：“还是这个圆球发射出来的消息，说的是……该星球符合生命繁衍的必需条件。”

张可可的话音刚落，一串代码又发过来，那是圆球的自我介绍。

据它自己说，它所属的文明在走到一个阶段之后，开始偏向预测未来，消耗大量的资源来制造高级智能机械，试图通过超级计算能力来估算事情发展，以达到对未来的预测。

在这个过程中，消耗了大量的不可再生能源，虽然做出来不少智能机械，实现了小范围预测未来，但还是导致了星球毁灭。

而圆球自己，是该星球最后一个还在工作的智能机械。

李方对这个说法持保留意见。

李方说：“想准确估算未来发生的事，需要的计算能力远超一个普通文明的极限，能做到这一点，这个星球应该不会灭亡在缺乏能源上，我不信任你。”圆球说：“我可以证明，你能问我一些事情。”

不等李方开始说话，圆球继续发代码说：“通过对你们信息的扫描，作为一个肩负着寻找宜居星球的中国团队，我对你即将问出的问题做了预测，以下是回答。”

圆球发送的代码被张可可迅速破译出来。

李方问：“他推测我要问什么？”

张可可说：“不知道，他是直接回答的。”

李方又问：“回答的什么？”

张可可说：“他回答你，可以，这里的土壤可以种地。”

美人鱼和王子

小美人鱼爱上了王子。

她找到巫婆，拿到了能变成人类的药水，喝下之后，她就能褪下人鱼的尾巴，长出脚来。但代价是，她每走一步，就会像踩在刀子上那样疼。

小美人鱼不在乎疼，她太喜欢王子了，愿意付出一切代价。

她成功变成人类，跑到王宫里跟王子在一起，绝口不提自己来自大海这件事。

王子也爱上了她，两个人度过了一段快乐的时光。

但不管什么样的感情都会慢慢归于平淡。

小美人鱼上岸一年后，因整日跟王子腻歪在皇城，已经感到厌烦，走路又脚疼，小美人鱼越发懒得出门，终日赖在床上不下来。

而王子跟小美人鱼相处一年多，他觉得小美人鱼很好，他家人也对这个女孩很满意。

皇室找儿媳妇可不能随便找，国王早已派人去查过小美人鱼的底细，却怎么都查不到这个女人的来历，误会是敌国派过来的刺客，差点安排人把小美人鱼偷偷处死。到后面他总算查到这女人不是凡人，是从大海深处来的，但不知道巫婆的事情。

王子知道真相后大受感动，觉得小美人鱼一定很爱他，才会大费周章地过来找自己。

王子想，既然两个人彼此相爱，不如结婚吧。

但小美人鱼不是很想结婚。

她挺喜欢现在的状态，皇宫的生活安逸又闲适，身边还有喜欢的王子，她从没这样快乐过。而且据身边的丫鬟说，一旦她结了婚成为王妃，要遵从的皇家规矩特别多，需要时时刻刻注意着。

王子一门心思准备着婚礼，对小美人鱼的抵触并没往心里去，只是他苦恼于小美人鱼整天赖在床上不下来，关于新娘那部分的准备工作无法进行。

王子想出一个办法。他安排工匠假装成商铺的老板。比如制作婚纱的工匠，就被安插在皇城的一家制衣店，而制作婚鞋的工匠，则在一家鞋店。

王子的打算是，只要能把小美人鱼骗出去逛街，就可以把她带进店里试穿，从而推进婚礼准备工作的进度。

小美人鱼对此一无所知，在她看见王子走进自己卧室的时候，并不知道他已经安排好了一切。

王子进屋就问小美人鱼："今天阳光特别好，春风吹着舒服，我们出去走走？"

小美人鱼抓起被子蒙头："不是很想动。"

王子并不知道小美人鱼脚疼的事情，还是劝她说："你好久没出去逛街了，一起去走走吧。"

小美人鱼说："好像还没有太久。"

王子说："也有一段时间了，听说新开了一家甜品店，备受好评，我们不去尝尝吗？"

小美人鱼抓着被子，想了个借口："不如让下人送进来，省得我们跑一趟。"王子说："那怎么行，让我父亲知道了，又要责怪我贪吃。"

王子坐在床边叹气："我也只能在陪你出去玩的时候偷偷吃一点，你要是不去，我可就吃不成了。"

小美人鱼看他这样，内心有些犹豫，但实在不想动弹，就还是说："但是我……"

王子打断她，又换一种劝法："都说人间四月芳菲尽，现在不出去玩，过段时间更出不去。再说今天是你的节日啊，我们不出去庆祝一下吗？"

小美人鱼疑惑地说："什么节日？"

王子说：“你还不知道啊？你出去就发现了。”

小美人鱼被勾起了好奇心,半信半疑地换好衣服，跟着王子出去。

两人乘着马车出了皇宫。

四月的天气很凉爽，小美人鱼坐在马车里心想，确实许久没出来过了，吹着风走走也好。

王子则心中暗喜。他带着小美人鱼沿街游玩，不仅如预期那样逛了衣店、鞋店，还去了河边赏景喂鱼。两人依偎在一起，享受人间繁华。

可即便如此，小美人鱼心中还记着王子说的话。

这天是自己的节日吗?

两人从上午一直游玩到日落西山。王子已经带她走完所有安排好的店铺，准备乘着马车回去。

王子说：“天色不早了，我们得在掌灯之前回皇宫。”

小美人鱼忍不住问：“早晨出来之前，你说今天是我的节日，今天到底是什么节日？”

“你还不知道吗？”王子说，“哦，对，忘了告诉你，今天是四月一日。”

王子信誓旦旦地说：“四月一日……美人鱼节啊！”

[小美人鱼的账单]

小美人鱼爱上了王子。

于是她找到巫婆，拿到了一种能变成人类的药水，喝下之后，她就能褪下人鱼的尾巴，长出脚来。她变成人类，跑到王宫里跟王子在一起。王子也爱上了她，两个人度过了一段快乐的时光。

很快小美人鱼习惯了人类社会的生活方式，发现在皇宫里生活比大海里舒服。最开始小美人鱼吃不习惯皇宫里的饮食，毕竟人类的饮食总归和人鱼族有区别的。

小美人鱼就让王子帮她买了许多海产品，来填补饮食口感上的缺陷。

小美人鱼发现，虽然自己出不了皇宫，但皇宫跟外界的联系还是很频繁的，想要的东西全能买进来。

于是小美人鱼让自己的宫女帮忙购物，很快小美人鱼就开始热衷于买好看的衣服、鞋子、首饰，还有各种造型美观的包，从此一发不可收拾。人类总是会发明一些稀奇古怪的小玩意，小美人鱼的各种开销一路猛增。

小美人鱼这样买了一整年，才终于被王子发现异常。那是一个午后，王子带着下人过来找小美人鱼，下人抱着满怀的账单。此时小美人鱼正在自己的寝宫做瑜伽。王子接过账单，让无关人等都退下去。小美人鱼趴在瑜伽垫上，问："怎么了？"

王子不知如何开口，在寝宫里转了一圈，拿起一个名牌鳄鱼皮包说："这包还挺不错的。"小美人鱼说："是吧！我可喜欢了。"

王子又问："新买的？"

小美人鱼说：“昨天刚到，我拆开就摆在显眼位置了，看见就开心。”

王子又说：“你开心就好，开心就好。”

“那谁……”王子问，“你最近在宫里过得还习惯吗？”

小美人鱼说：“习惯呀，你怎么忽然问这个？”

“没事，就是问问。”王子手摸在包上，犹犹豫豫地说，“这包……不便宜吧？”

小美人鱼坦然地说：“不知道啊，我让下人帮忙买的。”王子听见这话手一哆嗦。

“真贵啊。”王子感慨，把账单递给小美人鱼，“你看，挺贵的。”

小美人鱼对金钱没有概念：“还好吧。”

王子看暗示不成，只能挑明了说：“我其实今天来找你呢……主要是想跟你说说，你最近花钱花得有点多。”

小美人鱼：“是吗？感觉没花太多呀。”

王子说：“真不少啦，你今年的花销占了整个皇宫的一半。”

小美人鱼一下明白过来，王子是来劝自己别乱花钱的。小美人鱼的神情有些落寞，低着头说：“好吧，以后我会注意的，不再乱买东西了。”

看她这样王子挺心疼，赶忙又说：“没有怪你的意思。”

王子盘腿坐在小美人鱼旁边，跟她一起看账单：“有些东西应该是重复的。”他指着其中一张说，“你看这个包，和上个月那个差不多嘛，没必要买两个吧？”

小美人鱼小声说：“那个是季节新款，是不一样的……”

王子说：“哦……是嘛，那……你看这个。”

王子翻到人员聘用那一页：“你聘这人过来上班干什么，伺候洗澡的宫女我们不是有吗？”

小美人鱼一看就知道，那是搓澡师傅。她最近沉迷于泡澡搓澡，据说这是从遥远的东方传过来的，非常舒服。小美女鱼尝试过一次之后就再难忘怀，所以专门请了个搓澡师傅。但小美人鱼没法让王子明白，尤其是想到自己搓澡时赤身裸体的样子，感觉还挺害羞的。

魔法

从前有一个魔法师常年戴着兜帽，拿着魔杖，被誉为世界上最强大的人类。他曾经和巨龙搏斗，降伏世间的恶魔。

他也曾以一人之力吓退国王的百万军队，独自守护人间的正义。

但说到底，他还是一个人类，即使法力高深，学通古今，也只是肉体凡胎。魔法延长了他的寿命，但他总会慢慢老去。

在魔法师两百二十岁时，他意识到自己可能只剩几十年的岁月可度过。

于是他毅然决然归隐，从此销声匿迹。

实际上他并没有远离人烟，只是伪装成了一个普通的老人，住在一个普通的小城镇里，带着他的徒弟一起生活。

徒弟是他找到的一个天赋异禀的年轻人，虽然年纪还小，但他相信，假以时日，这个年轻人一定能超越自己。

魔法师在这个城镇还有一个朋友，同样是年迈之后过来隐居的魔法师。

朋友常来魔法师这边作客，他很羡慕魔法师。

朋友常挂在嘴边的一句话是："我们这种人，能有个人传承，真是好福气啊。"

魔法师也是这么想的，所以他对徒弟的培养非常上心，不仅把自己的魔法倾囊相授，还让徒弟去上学，为了他能更好地适应社会。

朋友很赞同这件事，他说，这世间魔法师都太自以为是，掌握了一些法术就看不起普通人，实则目光非常短浅。即使是最强大的魔法师，也无法脱离人类社会单独生存。

朋友这天过来拜访，看见魔法师坐在桌前，徒弟不在家，屋里干干净净的，扫把和簸箕正在自动打扫卫生。

朋友跟魔法师说："孩子上学去了？"

魔法师低头说："学堂补课呢，过两天有考试。"

朋友问："考试而已，还需要补课吗？"

"又不是考魔法。"魔法师念叨说，"这孩子从小就跟着我到处跑，文化课基础太弱，不赶紧学一学，在同年级要落后了。"

朋友感叹说："真辛苦啊。"

魔法师全程没抬头，始终埋着脑袋在莎草纸上演算。

两人沉默了一会儿，魔法师忽然说："你听说西厅思王国那边的事情了吗？"朋友摇摇头。

魔法师说："西厅思王国那边正在围猎魔法师，派出了一支军队，很多力量薄弱的法师没能逃出来。"

朋友听见没有太惊讶，围猎魔法师每隔几十年就会发生一次。

说到底是因为人们对强大力量难以放心，这是无法调和的事情。

朋友说："您要出手吗？"

魔法师说："我归隐了。"

朋友点点头，没说话。

他还记得上一次发生这种事，就是魔法师站了出来，以一己之力阻止军队对魔法师的屠杀，那是一份惊天动地的伟业。

可惜即使是这样强大的人也会衰老，最终偏安一隅。果然，谁也逃不过时间的变迁。

魔法师又说："接下来的世界是年轻人的，他们终归要靠自己。"

朋友说："等您徒弟出山的那天，大家就又有指望了。"

朋友看着魔法师，他还是埋头在莎草纸上写写画画。

朋友问："话说回来，您在忙什么呢？"

魔法师说："徒弟的事，他遇到一点麻烦，我帮帮他。"

随即魔法师叹气，说："可惜太难了，我帮不上忙，这问题我解决不了。"

朋友吓一跳：“连您都无法解决的问题？”

魔法师叹了口气。

朋友震惊了一会儿，手握拳又松开，做了许多思想斗争，终于才开口说：“虽然我也退隐了，但如果有什么我能帮上忙的，您……”

魔法师终于从桌子前抬起头，问朋友：“这个东西你懂吗？”

朋友以为魔法师在问魔法方面的问题，便说道：“魔法我许多年没用了，但应该懂一点。”

魔法师说：“不是魔法的事。”

朋友说：“不是魔法吗？那是什么让您觉得难以解决？”

魔法师拿起莎草纸，说：“徒弟的数学模拟测试试卷，太难了，数学真的是太难了，我根本解决不了最后一道大题。”

小美人鱼的诅咒

小美人鱼为了追求自己喜欢的王子，接受了巫婆给的药物，尾巴变成一双腿，从此能在道路上行走。

后来他们成功在一起，小美人鱼却一直没跟王子说这件事。

王子始终以为她是个普通人类。

小美人鱼没打算一直瞒下去，有一次她试探地跟王子说："如果我不是人类，你会嫌弃我吗？"

王子并没有回答。

隔了几天小美人鱼又问王子："你相信这世界有人鱼吗？巫婆呢？你相信这种超自然的力量吗？"

王子这才说："我相信一些超自然的东西，但对人鱼这个物种，我觉得只是渔夫的一派胡言。"

最过分的是，王子还说："人鱼这种东西，哈哈，你仔细想想，还挺恶心的。"

小美人鱼又问："那你要是遇见一个人鱼呢？"

王子说："试试红烧了味道怎么样吧，怎么了？你问这个做什么？"

从此小美人鱼打消了跟王子说实话的念头，既然王子并不认可美人鱼，那这样瞒着也挺好。

两人就这么度过了几年。有一天国王要带人出去巡查疆土，半个王宫的人都要随行。

开始行程很顺利，但在返程的时候，国王因为骑马时间久了，懒得继续走陆路，便决定沿着一条运河回到皇城，于是临时征集了一支船队。

小美人鱼跟王子在其中一艘船上，走到河流中段，天气忽然转阴，风雨大作。

河船在风雨中不断飘摇。

小美人鱼在海里生活过很久，最熟悉。现在风雨太大了，时间长的话船可能会有侧翻的危险，最好是赶紧靠边停船，等风雨过去再说。

小美人鱼试探着对王子说："怎么风雨忽然如此大，会不会有危险啊？"王子不以为意："放心吧，船夫是全国顶尖的好手。"

小美人鱼又说："我们靠边停一会儿吧？"

王子严肃地摇头拒绝说："父王的船在前面，我们哪能停。"

小美人鱼说："可是……"

她的话刚起头，就看见王子不理她了。

小美人鱼没再说话，一条河对于她来说还不算麻烦，即使变成人类，她的水性也是非常好的。

但她害怕王子会有危险。

实际上小美人鱼的判断没有错，天气情况过于恶劣，风雨飘摇之下，很快这艘船就发生了侧翻。

一时间大量的河水涌进船舱里，许多随行人员并不会游泳，每个人都只能想办法求生。

王子也不会游泳。他被困在船舱里，水很快涌满了整个房间。

正在危急的时候，小美人鱼及时赶到，拽着王子的胳膊，把他从船舱里带了出来。他们一起浮上水面后，小美人鱼又假装成不会游泳的样子，被王宫的人员救起来。

她虽然骗过了其他人，却没骗过王子。

在他们回宫之后，王子找到小美人鱼，问："你之前会游泳吗？"

小美人鱼只好说："我小的时候……"

王子说："按照你之前对我说的，你并不会游泳。"

小美人鱼犹豫再三，一咬牙说道："如果你非要问，那我就跟你说实话。我是因为救你才被你看穿的，你要是因为这个怪罪我，那我无话可说。”王子说道：“我当然不会怪罪你，只是想知道真实的情况。”

小美人鱼叹气说：“真实的情况就是，我……我曾经受到过诅咒。在我出生前，父亲得罪了一个巫婆，在我母亲怀孕的时候，巫婆跑到我家里来诅咒了我，我生下来天生会游泳，不需要学习。”

王子不相信，哪有巫婆诅咒人天生会游泳的。

小美人鱼说：“这个诅咒的副作用是，我不能跟水里生长的东西接触，比如万一我碰到海草，我就会被它缠住，不管怎么样都解不开。”

小美人鱼坐在椅子上叹气：“那巫婆就是想利用小孩子贪玩的天性间接害死我，所以我虽然天生会游泳，却从小被禁止去往河边，我父母生怕我被害死。”

王子听到这里，没有再疑心，小美人鱼也得以藏住了自己的身份。

从此他们快乐幸福地生活在一起。

女孩给自己男朋友讲完这个故事，说道：“我一直没告诉你，我虽然不是美人鱼，但我中过类似的诅咒。”

男朋友吓一跳：“你什么意思？”

“我不能碰自然的作物，不然诅咒会害我过敏。”女孩说，“但我现在很想吃个橙子，你能不能帮我剥一下再喂我吃？”

[美人鱼与妹妹]

小美人鱼有个妹妹，两人形影不离。

在小美人鱼喝下巫婆的药，上岸追寻爱情的时候，妹妹尚未成年，还在海里的学校读书。

小美人鱼成功进入皇宫之后，一边努力追求王子，一边跟妹妹通信。

起初小美人鱼不想跟妹妹提自己的事情。但妹妹对姐姐的感情生活非常关心，每次写信都问："王子现在记住你了吗？王子有想和你结婚吗？"

小美人鱼回信时躲开这些问题，统统不回答。

因为她进皇宫之后，并不是特别顺利。

首先因为巫婆的药物，她不能长时间走路，还不能开口讲话，在皇宫中像个异类，没交到什么朋友。

而皇宫中人员众多，王子根本注意不到她。

小美人鱼想过一些办法，比如制造偶遇。

她知道王子每天下午会在花园跟他的老师下棋。老师一边教导他棋理，一边教导他治国做人的道理。

小美人鱼的计划是在王子上课的时候装作偶然路过，脚滑落水。那王子势必会安排人救她，这不就认识了吗？

实施计划的那天，王子正跟老师下棋杀得难解难分。

小美人鱼过去的时候，王子没注意到。

小美人鱼落水之后，王子仍然没注意到。

小美人鱼在湖底坐了好一会儿，湖面上只有鸭子和鱼来来回回游动，王子和他的下属压根一点动静都没有。

计划失败了。小美人鱼只能自己灰溜溜地从湖里出来，遥遥看着湖边亭子里闷头下棋的王子，跑回去换衣服。这种事小美人鱼肯定没脸跟妹妹讲。

转眼间，小美人鱼来到皇宫有几年了，但始终没靠近王子哪怕一步，她尝试过三四个办法，最后都以失败告终。

不过机会还是偶尔会有。

第四年的时候，小美人鱼被王子邀请去参加晚宴。

小美人鱼觉得这是个很好的机会。她特意换上了自己最好看的衣服、鞋子，也不管自己走路会痛，全程笑着一步步走进晚宴大厅，准备给王子留下一个完美的印象。小美人鱼看见王子的第一面，王子拉着个女孩。

王子拉着女孩走上台阶，走到高高的台子上。

王子用勺子轻轻敲响酒杯，而后说道："今天邀请大家来参加宴会，是要宣布一件事情，我已经和邻国的公主订婚了，过段时间就要举办婚礼。"

那天小美人鱼不知道自己是怎么离开晚宴的。

她魂不守舍地走回住处。她用了这么久的时间，不仅没能拉进和王子之间的距离，现在他居然要结婚了。小美人鱼终于压抑不住自己的情绪，写信把发生的一切告诉了妹妹。第二天一早，小美人鱼冷静下来，开始后悔。

妹妹一定会替自己难过的，可信件已经发过去，没有办法挽回。

小美人鱼在床上躺了三四天，等妹妹的回信过来，她立刻拆开一看，发现妹妹字里行间洋溢着开心，压根没有跟她聊任何关于王子的事情。

小美人鱼快速回信过去，问得也很简单："怎么我现在追求王子彻底失败，你反而还挺开心呢？"

小美人鱼焦急地等了两天，妹妹又回信过来。

妹妹的回答写道："我太开心了，感情生活算个屁啊，王子更什么都不是。姐姐，你知道吗？我高考结束了！现在足足有三个月的假期呢！"

[房产]

李方最近陡然暴富，在市区多出一套房产。

都说人有钱之后最见人品，李方虽然暴富，性格品行方面却没有变，并没像影视剧里表现的那样，有钱了就趾高气扬地跟老朋友们绝交。

实际上，李方暴富之后，第一个见的就是自己老同学。

两人在李方家里见面，相互寒暄过后，李方开始诉苦：“我只是拿到一套房，不是拿到多少钱，再说这房子也不好卖。”

老同学调侃他：“你这话说的，哪有不好卖的房子，这可是不少钱呢。房子是从哪儿来的？怎么还平白无故多拿到一套房呢？”

在老同学再三催促下，李方才缓缓讲出这件事来。

上周六，李方去加班，刚走到公司楼下，就看见门口一个年轻姑娘朝他挥手。

李方自知跟女孩不认识，肯定不是打招呼，开始没敢回应，边走边拿眼瞄着，发现女孩一直冲他挥手。李方怕女孩遇到什么麻烦，需要人帮忙。

李方走过去跟她说：“你好，是遇到什么事了吗？”

女孩先是一愣，然后对着他笑了笑说：“不是，我喊我朋友……”

李方心中大喊“果然”，回头一看，女孩的朋友已经跑到近前了，扎着双马尾，走路一晃一晃的。

“双马尾”问：“这男生是谁啊？你不是说我们今天出来逛街吗？你早说带男朋友来我就不来了，欺负谁单身啊。”

女孩不好意思地解释：“不是，我刚才……”

李方也觉得不好意思，想挖个地缝钻进去，赶紧说：“不好意思，打扰了。”说完他快速往写字楼跑，去乘电梯。

可惜人能跑，声音跑不掉，他的耳朵里明明白白地听见后面两个女孩的笑声。

多尴尬，简直是要命的尴尬。

李方讲到这里，朋友叫停。

朋友问说：“你等一下，我问的是你多出一套房子是怎么回事，你……”李方说：“你听我讲啊。”

周末，李方约了体检。他一大早出门，一直忙活到快中午，只剩一项肾部的检查，需要验尿。

李方早晨没吃饭，现在临近中午，肚子饿又一直憋着尿，他心里略微有点急。

李方走到卫生间门口，护士一看见他就说：“哎，是你。”

李方一看，心说：这是谁啊？护士全副武装，口罩帽子都戴着，他认不出来。

护士说：“不记得我啦，昨天我们在写字楼遇见过。”

李方立刻想起来，是昨天那个挥手的女孩，连忙说道：“哦，记得记得，昨天以为你需要帮忙呢，原来你是在喊你朋友，哈哈。”

紧接着李方看护士翻了个白眼：“认错啦，你搭讪的那个是我朋友。”

原来是“双马尾姑娘”，李方没想到自己错上加错，脸“唰”地红了。

护士又说：“哟，还害羞呢，昨天不是挺敢搭讪的吗？”

李方支吾说：“啊，那昨天并不是……”

李方想出个借口：“昨天也认错人了。”

护士倒是并不在乎，拿过来表格：“先填表。”

李方拿着笔，写到一半听护士在那儿说：“什么认错人了，分明是看我姐妹漂亮，还不承认。今天你又把我认错了，看来心里只有我朋友。”

李方手里的笔一哆嗦。

护士又说：“不过你要是体检结果好，我倒是可以把她的微信给你。”

李方心说：这太尴尬了。赶紧把表格填完递还回去，不敢搭腔。

护士递过来一个塑料的盒子，还有一根试管。

护士说："尿在盒子里，然后倒进试管，别弄洒了，知道吗？总有人洒得到处都是。"

李方只觉得自己的脸很烫，支支吾吾的："好，我那什么……我加油。"护士戏谑地说："这两个能区分好吧？别再认错。"

李方尴尬得无以言表，琢磨着干脆把自己扔马桶里冲走算了。

李方讲到这里，朋友再次叫停。

朋友说："我听你说了半天，你到底什么时候讲你这套房子的事情？"

李方就说："我已经讲了呀，你不是问我房子怎么来的，就这么来的，没听明白吗？"

朋友直接摊手说："你讲到现在没提一句房子，我怎么明白！"

"多明显，我连续两天经历这么尴尬的事情……"李方说，"那房子就是我尴尬得用脚趾抠出的两室一厅。"

王家铁铺

小镇上最奇怪的地方，莫过于王家铁铺。

王家的铺子从外面看只是家普通的铺子，进去看也平常。但人们常说：去这家店打铁，最好别找老板，而是找铺子的伙计。

铺子的伙计姓李，叫李方，不是本地人。若干年前家乡闹饥荒，他一路跑到这里，被开铁铺的王老贼救了，这才混到口饭吃。

王老贼虽然救了人，却不是个好人。

早年间王老贼干土匪的，坏事做尽，年老后忽然弃暗投明帮朝廷剿匪，把自己那帮兄弟出卖得一干二净，换自己一条生路。之后他隐姓埋名，到这个小镇做铁匠，开了这个王家铁铺。

但俗话说得好，若要人不知，除非己莫为。

王老贼虽然换了名姓，但时间一长，底细还是被人挖了出来。

这种不忠不义之人，即使小镇上谁也没被他害过，也没人愿意跟他交好。但大家很喜欢李方。

李方不仅打铁手艺好，人也和善，不像王老贼，谁跟他说不过三句话，就要听到他嘴里的脏话。时间一长，人们来王家铁铺，就只想跟李方打交道，而不想遇见王老贼了。

于是王家铁铺成了小镇上一个奇怪的地方，这是唯一一处，大家跟老板不交好，反而喜欢伙计的店铺。

李方的手艺远近闻名，常年有人请他过去打铁，甚至有人愿意借钱给他开店，但他始终对王老贼不离不弃，也不知道是什么原因。

某年夏天发生的一件事，让这家铁匠铺在人们眼里更怪了。

那天早晨天蒙蒙亮，出早点摊的人看见这么一幅景象。

王家铁铺的大门紧闭着，门板缝隙里一汪汪血水从里面流出，染红了铁匠铺门口的石砖地。

日出之后，衙门派了一队捕头过来查看，强行拆掉了门板。

门口围观的群众没能凑到近处去看，只能听里面传出的消息。

开始有人说里面有四具尸体，王老贼不在其中，李方也不在其中，四具尸体不知是谁的，但看样子是土匪。

过一会儿话风又变，说李方在家，王老贼不见了，但屋里莫名其妙死了四个人。

再过一会儿，人们就看见李方被衙门的捕快押往县衙去了。

王老贼这人是死是活，为什么屋里死了四个人，谁也不知道。

李方深更半夜回来过一次，只有起早摆摊的赵大妈无意间撞见了他，闲聊过两句。

之后李方这个人也消失不见踪影。

王家铁铺更神秘了。

从此小镇流传着王家铁铺的传说，有人说其实王老贼没死，这是他设下的一个局，把当年的仇家诱杀了。也有人说其实李方才是幕后黑手，是大土匪头子，用王老贼当诱饵铲除敌人。

这两种说法都有人不同意，于是就有人念着李方对人友善，给李方编排了好点的结局，说李方其实是王老贼的孩子，母亲被王老贼始乱终弃，他这是专门过来寻父报仇的，现在他算大仇得报。

也有人把李方与县衙编排上，说王老贼实际上是县衙安排隐居在这儿的，虽然他出卖了土匪，但还是不能脱离官府管控，而王老贼靠李方给县衙下套，让自己脱离了这个城镇。

但实际如何，还是无人知道。

王家铁铺出事之后，李方回来那次遇见赵大妈，两人有如下对话。

赵大妈："李方，是你吗？李方？"

李方："是我，赵婶，出摊啊？"

赵大妈："你没事啊，太好了，生怕你出点事，当时伤着没有啊？"

李方："我没伤到，我躲起来了，铁匠铺里有水槽，我躲在水槽里。"

[营业]

有一家奇怪的大排档，不管店里有没有客人，每天固定营业到深夜三点。老板是个光头，笑得特别和善，一举一动都很儒雅。

大排档开在一个老旧的小区附近，来的客人很多，大多是熟客。时间长了，客人们都很好奇老板为什么要营业到这么晚。

面对客人的疑惑，老板笑而不答，仍然坚持营业到深夜三点。

老板总不回答，好奇的人们就会开始猜测，流言也逐渐传开。

街坊间开始流传一个故事：老板以前出过家，后来熬不住了想吃肉，才出来卖烤串的，但他内心有愧，所以要开到很晚，等晚上没人了，就在大排档里做功课，为那些动物祈福。

故事越传越离奇。

老板慢慢也听到了流传的事情，但依旧笑而不答。

这件事的真相一直无人知道，直到一天夜晚。

这天大排档已经打烊了，老板正在收拾东西，一位客人忽然进来，拎着两个大行李箱。

客人见面就喊：“老板！还能吃饭吗？我这刚下飞机，打车回来的！一想这个时间，除了你这儿没人会营业。”

老板为了他，特意再把锅支起来。

老板跟他说：“本来是收拾了，但你既然从远处回来，我就不能让你饿着走。”

客人很有诚意地道谢。

吃到一半，客人问老板：“话说回来，你怎么总营业到这么晚呢？今天是我来了，平时没人来吧？”

老板听见这个问题，自己点燃一支烟，靠在桌子旁边，陷入沉思。

过一会儿，老板才说道：“你是今年第一个这么晚来的人，但以前有一个女孩每天都这个时间来，神采奕奕地过来吃饭。”

老板开始讲起了事情的真相，和坊间流传的说法不同，老板过去的故事围绕着一个女孩。

这个女孩总是晚上来，老板每天为了等她，营业时间越来越晚，他们两个也越来越熟悉。

女孩很好相处，性格特别开朗，是个自来熟的女孩。

老板和女孩接触时间长了，两个人天南海北什么都聊，从理想聊到现在的生活。老板从来没遇到过如此投契的人。

他们这段友谊持续了小半年，但从某一天开始，女孩忽然不来了。

老板等了好久，但女孩始终没有来。

老板不知道这女孩究竟去了哪里，但他总觉得，或许有一天女孩会回到这里，或者仅仅是路过，然后想起自己，想到曾经聊过半年的人，过来这边坐一坐。

老板说：“我不是想和女孩发生什么故事，只是把她当成老朋友，想再和她见一见，可惜不知道这辈子还能不能见到。直到现在我依旧在等，所以总是营业到后半夜。”

客人说：“感觉对你来说，这个女孩快成为心病了，虽然不知道女孩现在怎样，但我希望你能尽快等到这个女孩。就像你说的，只是过来一起聊聊天也好。”

老板说：“哪怕传个消息过来也好，让我知道她还记得我。”

说完老板马上又摇头：“有时候我自己也想，或许不重要了，生活总是这样嘛，你慢慢往前走，慢慢要告别一些人。女孩就是那段时间陪我走了一段，让我知道这个世界还有许多美好，没有在日复一日的无聊生活中沉沦下去。其实我没资格要求她做任何事。”

老板讲完这个故事，手中的烟也燃到了尽头。

老板把烟头扔地上，深吸一口气，从阴郁之中脱离出来，跟客人说：“现在你明白了吧？大家关于我的说法都是误会。”

说到别人对他的误会，客人激动之下饭也不吃了。

他握着筷子说：“我明白了！你是因为这个女孩，才终于看破红尘变成现在这个样子的，是不是这样？”

老板摇着头，说道：“什么呀！我是因为长期熬夜，脱发很严重才成了光头的！”

[章鱼]

从前有一个奇怪的大排档，他家的章鱼腿很新鲜，用铁板压实在了，吱吱地冒油，再炒进饭里，是远近闻名的美食。外地的人开车过来，专门来这儿吃一口炒饭。

老板每天炒饭都要被人拿着手机拍，从头到尾，每一个细节和动作，都被录制下来。

但从没人能学会这种炒饭的方式。

不是老板的技术多么高超，恰恰相反，老板表现出来的根本就是最普通的炒饭手法，理应只能炒出一份随处可见的饭，却不知为何，偏偏好吃到能把人的魂魄勾了去。

曾有个女孩来打听。她来的时候四辆小轿车跟着，女孩衣冠楚楚的，下车就自报家门，说自己师从名师，觉得老板的大排档名过其实。

但坐在那儿吃了一口之后，女孩就说不出话来了。

之后她更是连着在大排档里吃了小半年，一门心思想把这种炒饭的方法学过去，但怎么都学不会。

在这半年里，老板总劝她回家，但女孩赖着不走，天天晚上来。有时候老板不想出摊，女孩就上老板家堵他。

老板被烦得不行，于是跟她说了真相。

老板说："我这炒饭啊，重要的根本不是技巧，而是用料。"

老板顺着讲出来一个故事。

老板早年并不是厨子，也不做大排档，而是一位海员，曾经跟着船出海。

大海广阔又神秘，中间容易出各种麻烦事。

老板在跟船期间，经历过一场海难，当时老板在大海上抱着船板漂浮了很久，最终流落到一座小岛上。

但这场灾难并非没有意义。老板上岛之后，意外遇见一只海妖。

这只海妖一会儿是人，一会儿是章鱼怪。而章鱼怪的腿即使被砍掉了，也不疼，还很快就能长回来，是一个再生能力很强的妖怪。

当时海妖被困在两块石头中间。

老板过去帮海妖砍断被卡住的脚，把海妖从石头缝里放了出来。

海妖是个有良心的怪物，愿意跟着老板报答恩情。在荒岛上，它用章鱼形态帮老板弄来活鱼，维持他的生命。后面它变成人形，陪着老板一起回到现在这座城市。

所以为何老板的炒饭如此好吃呢？因为老板每天都砍海妖的一些章鱼腿下来，不仅风味特殊，还格外新鲜，吃起来口感当然是非常特殊的，人间风味怎么能和这东西比。

老板对女孩说：“你赖着不走也没用，你说你能学走什么呢？我总不能把妖怪卖给你吧？”

女孩不相信，只当是老板骗自己的谎话。

她还是每天过来吃饭。

随着时间一点点过去，她慢慢放下了这件事，不缠着老板学炒饭的技巧了，只是单纯过来吃一下美味的饭。

那年快入冬的时候，女孩一如既往地过来吃章鱼腿炒饭。

老板端上来炒饭后，女孩敏锐地发现，有些东西不一样了。

这份炒饭虽然看上去差不多，但其实里面的章鱼腿很少，味道也只能说过得去，并不如之前的惊艳，甚至细细品味之下，还能吃出这章鱼腿不是很新鲜。

女孩不知道发生了什么，去找老板：“今天的炒饭没有以往那么美味了，当然它也算还好，可它只是份普通的饭，再没有之前那样令人惊艳。”

女孩也没想到，自己这话一说出来，老板立刻叹着气坐在椅子上，一边拍大腿一边说道：“是吧，果然被你吃出来了。没啦，以后那种章鱼腿炒饭没啦，我再也不能做那种炒饭了。”

女孩想起之前老板讲的那个离谱故事，开玩笑说：“为什么呢？难道你的章鱼怪逃跑了？它觉得恩情报完了，自己跑回大海去啦？”

老板接着说了下去：“这海怪的腿已经剁废了，没有再生的能力了，现在砍掉后不会再长。唉，我这生意也算干不下去了。”

女孩很惊讶：“怎么会这样，是因为最近生意太好了吗？你也太狠了，不能这样丝毫不加以节制呀！”

老板捂着脸说：“跟我没关系啊！不是我搞的，我一直挺注意的。”

女孩不解：“那怎么会变成现在这样呢？”

老板很痛苦，还是捂着脸：“全怪它购物节自己剁手剁太狠了啊！”

王大爷

城里有个自行车修理铺，铺子前常年坐着个修车的王大爷。

王大爷不是本地人，据说也没有儿女，主业帮人修自行车，利润很薄，根本不算赚钱。

但他的铺子一直开着，只因为有个老太太总过来找他聊天。

王大爷的铺子里常年摆着两个板凳，一个是自己用，另一个就是专门给老太太留的。

老太太有儿有女，但平时都不在身边，老伴几年前去世了，她平时闲得厉害，要么在家看电视，要么就过来跟王大爷聊天。

走过路过的人们常看见两个老人坐在修理铺里，老太太嘴里说个不停，聊正看的电视剧。而王大爷话少，一直低头摆弄着自行车零件，只会偶尔问两句不理解的地方。

两个人相处得平平淡淡。

后来有一年冬天特别冷，王大爷有半个月没出摊，整天在家看电视。他憋了一肚子话要跟老太太说，结果没想到等再支起来修理铺，把两个板凳摆上的时候，老太太不来了。

两个月过去，老太太一直没来。

王大爷等到板凳上都落了灰，老太太还是没来。

王大爷心说：这不应该呀！等了半个月，他实在忍不住了，琢磨着得去找老太太问问。

王大爷对老太太的信息知道得太少，不知道老太太叫什么，更不知道老太太住哪儿，只能推测是在附近，不然老太太哪能整天过来找自己。

王大爷没有办法，只能在周围打听。

找人这事特别费时间，开始王大爷还想两头兼顾，趁不修车的时候出去寻人。

后面王大爷就不管修理铺了，开始专心致志地在附近打听。

可惜还是无功而返，近乎是毫无线索地在城市里寻找。

从春到夏，王大爷还在找。他憋着句心里话，想跟老太太讲。

王大爷觉得，这话要是不讲出来，迟早成心病。

到这个岁数了，哪怕老太太去世了，他也想去墓前说一说，把这份心意讲出来。

但苦于没有任何线索，一丁点消息都没有。

王大爷从夏天又找到秋天，从秋天又找到下一个冬天。

就在王大爷快要放弃的时候，功夫不负有心人，他终于在一家水果店打听到了消息。

水果店老板说："你说的老太太我很熟，那老太太平时来我这儿买水果，之前生了场大病，断断续续住院一年了。我也是看老人一直不来，去她家问过。要是没什么变化啊，她这会儿正在医院呢。"

于是这个冬天最冷的那几天，王大爷拎着牛奶，根据水果店老板提供的信息，成功找到了老太太。

病床前，老太太的儿女在边上守着。老太太认出王大爷，让他走到近前。王大爷扶着病床，张嘴就说："找你一年了，你看你，也不知道让人给我带个话，我还折腾这么一圈，费了老大的劲。"

老太太说："我没想到你会找我，再说你找我干什么？有事？"

王大爷挠头，脸还微微有点发红，说话也吞吞吐吐的："没什么事，我找你能有什么事，这么大岁数了，没事，就是……有句话想跟你说，一直也不知道该不该说。"

儿女们知趣地找借口走了出去。

但王大爷还是不知道怎么开口，只是说些有的没的。

王大爷说起电视剧：“你之前说过一部电视剧，后来你不跟我聊了，也见不着你，我还自己想办法看过，但是我错过电视台播了。幸亏有个小孩跟我说现在网上也能看，我去看了个开头，但后面就没看，我……”

老太太打断他：“大老远找过来，不是找我说这话的吧，提那电视剧干什么呢？”

王大爷欲言又止，嘴唇颤巍巍的，嘴张开三回，还是挤不出话来，只能继续在那儿挠头。

老太太说：“你想说什么就说，孩子们都在门口呢，屋里也没别人。”

王大爷挣扎了几次。

老太太又劝：“你现在不说就不说吧，但你以后还打算说吗？过了这村可未必还有这店。”

王大爷听见这话，这才一咬牙一跺脚，终于说出了他的心里话。

王大爷说：“那剧是会员专享剧，我充了不少钱，但我看个开头就觉得不好看，所以就想找你问问，毕竟是你推荐给我的，我那会员钱，你能退我一点吗？”

[“妻管严”]

城北有家排骨米饭。

老板是个中年男人，远近闻名的“妻管严”。

一方面是因为他自己是个“耙耳朵”，另一方面也因为他老婆很凶，是那种远近闻名的凶。

不仅是在家里凶，在单位里更是人神莫近，谁看她一眼都要犯怵。

不知道的人嘲笑老板，但凡见过他老婆两面的人都得佩服他——人家好歹能一起过日子呢。

但要老板说，这日子过得不舒服。

老板亲自盯店面，整天守着店轻易不回家，别人都夸他有上进心，一心扑在赚钱上。

但实际上大家都知道，他在家总受气，比起回家更愿意待在店里。

可老板最近不能自己待着，因为他小舅子下了课总往排骨米饭店跑。小舅子过来什么也不吃，只喜欢坐在桌前唉声叹气，迟迟不愿离开，有几天甚至能待到老板关店。

老板开始还当小舅子没事干，找个地方待着，但过去半个多月，小舅子还整天来店里，老板心里就犯嘀咕了：谁家年轻人整天没事干，跑一排骨米饭店里坐着啊，自己这小舅子别是出了什么心理问题吧？

老板决定主动问问，趁店里没人的时候，走到小舅子坐着的桌子旁边，问他：“你最近怎么总来啊？是不是遇见什么困难了？姐夫大忙帮不上，出出主意还行。”

不等小舅子说话，老板又补一句：“当然你要是缺钱我也没什么办法，钱都在你姐手里，家里的情况你也知道。”

小舅子一拍脑门说：“姐夫啊，我不缺钱，我……”

小舅子说，他喜欢上了一个女孩，女孩对他也有好感，两人互通心意之后成功在一起了。

但时间久了，女孩嫌他不够浪漫，明里暗里提过几次，说他不懂女生的心思，太笨拙了。

老板一听，心里有底了，坐下跟小舅子说：“你要聊这个，你问我算问对人了。”

老板很有自信地说：“你别看我家庭生活好像不幸福，但我对恋爱这事很有心得。你其实没想明白，谈恋爱谈的是什么？其实就是交朋友，同你与哥们儿相处是一个道理，只是一个是对男生，一个是对女生，但本质没有发生改变。”

老板微微一笑，语重心长地说：“交朋友最重要的是什么？最重要的是交心，心要诚，心意到了就都到了。”

老板从柜台后面拿出一个鞋盒，里面装着零零散散的纸币。

老板说：“光说你准不信，我给你举个例子。”

老板的手指拂过盒子里的纸币，脸上露出舒心的笑容。

小舅子问：“姐夫，你看我都说我不缺钱，你这是？”

老板说道：“你不知道吧，这是我的私房钱。你别看你姐平时对我很凶，那都是表象，实际她心里心疼我，你看私房钱这块她就从来不管我，我一直放店里，她也没说过来给我拿走，为什么呀？她心里是关心我的，这就是夫妻之间的默契了。”

老板总结道：“明白了吗？年轻人，谈恋爱不能只谈表面，还是要用心去谈的。大家真心换真心嘛，你对人家好，人家也不是瞎子，总归是会回报到你这里的。”

小舅子若有所思地点点头。

老板说：“所以啊，不懂浪漫其实没事，用心去做就好了。但比浪漫更重要的是，你要让人家姑娘感觉到你是真心地爱她，做到这一点，其他的都是锦上添花。如果缺了这一点，浪漫玩得越花哨，人家姑娘越不敢相信你。”

老板又问：“那我问你，你是真心的吗？”

弟弟重重地点头。

弟弟说：“我要打个电话！”

老板扬手肯定他：“对！打电话给她！把心里话说出来，让她知道！”

弟弟立刻掏出手机，一通电话打了出去：“喂，姐，你委托我找私房钱那事办妥了，你过来吧，钱就藏在店里。对，我现在也在店里。对，姐夫也在，好，我不让他走，等你啊。”

[鱼]

李方的村子里有个怪物，现在他正要过去杀了它。

这怪物是只鮟鱇鱼，但与普通的鮟鱇鱼不同，这只格外巨大，光是头前面吊着的灯泡就大得吓人。

这怪物当年被杀过一次。当时李方才十几岁，父亲带着整村的男人在海里把这个怪物击杀，吊着它的尸体乘船回来。

每个人都非常高兴。

这怪物已经在村子周围的海域游荡了许多年，不管谁出去打鱼，都有很高的概率回不来，现在终于不用再这样。虽然因此失去了村子一多半的男人，但好歹杀掉了这怪物。

李方还记得父亲从船上下来后，直接把李方扛在自己肩膀上，说："以后你们这代人再出海就放心了，多好。"

马上父亲又说："你得记住所有牺牲的叔叔们，心里要记得他们为村子做的事。"

当时李方还小，并不知道这句话的分量，只问："这鱼这么大，你们怎么杀的呀？"

父亲还没有来得及回答，就听见跟他一起回来的水手高声喊："我们从一块远古石板上知道了它的名字，它叫鮟鱇！"

人群中响起来一阵欢呼，庆祝他们摆脱了一个强大的恶魔。

但李方看见那具巨大的怪物尸体，眼睛似乎眨了一下。

几十年后，李方回忆起那天的事情，心中还是有无尽的悲痛。

他的队员围着火堆，大部分人已经睡了，武器枕在头下。

这是一群亡命之徒，大家出来办事，只有一个目的，就是赚钱。

这次他们赚的是李方的钱。

李方的村子里出现了一个怪物，几十年前被杀过一次，后来又活过来了，现在他要再次杀了它。

李方已经老了，如果现在不杀，他父母、他村里所有人的仇都没法报。

李方看见火堆旁边一个年轻人还没有睡，在那里望着火堆发呆。

李方过去小声跟他说：“怎么不睡觉？”

年轻人很坦诚地说：“有些害怕。”

李方：“害怕也要好好休息，不睡觉死得更容易。”

年轻人：“在我的家乡，过些天有一个节日。”

李方拍拍他的肩膀：“别死在节日之前，好吗？尤其是你们要赚走我一辈子的积蓄，别死在成功之前。”

第二天一大早，李方带队来到生活过的村子，这里有他整个童年的回忆。但一切也只存在于回忆中了。

现在的村子只剩下断壁残垣，废墟上长满各种植物，草木茂盛，只能在一些小小的角落里才能看出这里曾经有人居住过。

李方约好的大船停靠在岸边。

李方送这群亡命徒上船，自己站在岸边，拿出纸条冲着他们扬了扬，说道：“剩下的尾款藏起来了，线索在这张字条上，回来的人就能拿到。”

这是李方最后的积蓄。他把一生赚到的钱用来找人杀掉那只怪物，之前付了一半的钱，字条上是剩下的一半。

“祝你们能成功。”李方说道，“最起码你们中的部分人能成功。”

但无人听到，船已经升起帆布，驶向大海。

李方的话语被海风吹散。

李方坐在海滩上。他的背包里还有粮食，不知道那群人要多久才能回来。但他已经做好了准备，要一直等到他们回来为止。

如果他们失败，李方也没打算离开这里。

他已经花钱安排好了一支队伍作为接应，这支队伍要么接鱼的尸体回来，要么帮李方收尸。

他终其一生都是为了报仇，如果运气又一次不站在自己这边，那也是无可奈何的事情。

不过好在，船最后回来了。

不知多少天过去，某个傍晚，巨大的木船慢慢漂向海岸。这艘船已经没了船帆，完全靠海浪慢慢推回来的。船头站着一位胆小的年轻人，此时他还剩一只胳膊，紧紧拽着一根绳子。

在船靠岸之后，年轻人把绳子交到李方手上，什么也没说。

李方拉着绳子，绳子的另一头是一具巨大的鮟鱇鱼尸体，正横在船上。

李方喊雇工上船，把鱼的尸体搬到了海滩上。

这不是一具完整的尸体，只有一个鱼头，它头顶的灯泡上拴了根绳子，绳子的一头现在就抓在李方的手里。

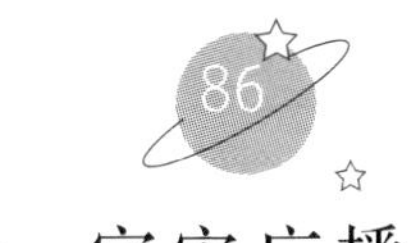

宇宙广播

未来的某一天，地球忽然接收到来自宇宙深处的一则消息。

那段未知的电波不间断地向地球传播，以至于三天内全球几乎所有的设备都有收到，但无人能够破译。

那一天，科学家称其为“大广播日”。

二十年后，李方站在研究所门前，想起自己进入这家研究所的那天。

大广播日那天，李方被这宇宙深处的秘密吸引，立即主动请缨前往新成立的广播研究部门，哪怕是打杂都愿意。

“李组长。”李方身后，一道声音响起来。

同事抱着文件路过，和李方说道：“您现在去天文台吗？”

李方笑了笑：“走啊，一起过去。”

同事露出一个拘谨又开心的笑，凑过来跟李方走在一起，两人结伴向天文台的方向走去。

天文台是唯一可以向宇宙广播的地方，这天是要向宇宙回信的日子。

同事问道：“听说您要调动了，是吗？”

李方点头说：“我们的项目马上要结束，我要动一动位置了。”

同事说：“没想到真有结束的那天。”

李方对此也有同感。

二十年前，他刚进入部门的时候，还想过或许直到自己退休，这段神秘的电波都不会被破译，李方做好了为此奋斗终生的准备。

未承想，电波每隔五年就来一次，每次都不休不眠地持续三天。

第一个五年，大家很快破译了这段电波里的内容。

而电波确实来自于遥远的宇宙深处，并不是只针对地球的广播，是对全宇宙的喊话。

“多么伟大的文明啊。”当时李方想，有能力向全宇宙发布这样一条消息，真是神奇。

只是没想到，时隔二十年，在第五次广播即将到来的时候，地球已经拥有了回信的能力。

李方跟同事一起走到天文台里。

走廊附近已经聚集了一些同事，他们看见李方，对他点头示意。

李方沿着走廊上楼，走进一个指挥中心，工作人员集体看向他。

李方站在屋子中间，望着墙上的显示屏。

二十年来，他不知道多少次等待着广播的到来，只有这天，他是来回复广播的。

同事过来汇报说：“广播还没有来，距离上次收到广播已经过去了五年十分钟，李组长，这……”

李方看着她。这是一个年轻的面庞，应该刚刚投身科研事业没多久。

李方说道：“不要急，宇宙里的事情急不得。”

李方看着她很感慨，自己也是一步一步走过来的，慢慢从小组里的一个边缘人物，成长为中坚力量，再到现在，即将亲手终结这个项目。

李方的思绪飘远，指挥中心的警报声忽然响起来。

所有在岗人员立刻开始行动，他们脸上的急躁转为镇定和凝重，因为他们都知道这警报意味着什么。

广播来了。大量的电磁信号正齐刷刷地涌进天文站。

所有人都知道，这些信号如果不管，就会持续三天，覆盖式地轰击地球上所有的通信设备。

“破译完成！”一位同事大喊。整间屋子瞬间陷入死寂。

李方面前的显示屏同步显示，上面有各种复杂曲线和图表，一个小方框的显示区域里显示了两排中文。

这是被翻译出来的信息。

来自遥远宇宙的信息，将信号覆盖整个宇宙，最终被破译后显示成传承了几千年的汉字。

李方觉得简直不可思议。

“李组长。”旁边一个同事小声喊道。

李方回过神来：“嗯，开始准备回复。”

屋子里的人仿佛都活过来了。

李方走到最前面一排的控制台前，最中间几个按钮已经打开了保护罩，最显眼的是中间一个红色按钮。

李方轻轻把手按在上面。

同事又喊：“编译完成百分之五十！”

想回复的“文字”正在被编译成同频率的广播，过一会儿等李方按下这个按钮，信号就会沿着广播来的方向，迅速传回宇宙的深处。

同事喊：“编译完成！”

李方按下按钮。只是轻轻一按，似乎用尽了他所有力气。

房间内再次陷入死寂。

广播传出了。

所有人都盯着显示屏。两分钟过去，显示屏上终于显示出两个字母。

整间指挥中心在那一刻发出欢呼，同事们从自己的位子上起立，开始鼓掌，开始拥抱，人们高声大笑，互相拍打肩膀。

成功了。信号发过去了，一切都结束了。但李方没有太多表情，他看着显示屏，上面显示着地球第一次和宇宙的交流。

全文如下：

“银河第一购物中心庆祝您获得三折优惠，诚邀您……退订请回复TD。”

“TD。”

侦探

2020年，欧洲发生了一件令人毛骨悚然的杀人案件，一位老人在自己的公寓内被谋杀。

当地警方对这种恶劣的袭击老人事件深恶痛绝，立即开始调查。

但马上麻烦出现了，本次案件的凶手极其老练，居然是一个不折不扣的密室杀人案件。

死者家的门窗都紧紧关闭着，且没有任何撬锁进入的痕迹，凶案现场毫无线索。

警方虽然不想承认，但他们对此一筹莫展。

负责侦办这个案件的警长杰克，被上面下了死命令，要求他在一周之内破案，还社会一个公道。

杰克一个头两个大。他没有任何思路，在这个案件上，他的无助感和周围的同事一样多。

恰巧这个时候，杰克的一个朋友过来建议他说："听说唐人街那边，有一个很出名的日本侦探，破获过很多诡异的案子，不如找他过来试试？"杰克的第一反应是："那怎么行？"

警方的案件怎么能找外界帮忙呢，当然要警方内部的人员来处理。

杰克找来许多专家帮忙，可不管是多出名的专家，得出的结论都是一致的：这宗案子极度棘手，因为现场几乎没有留下任何线索。

甚至有一位专家还和杰克断言："这会成为一桩解决不了的悬案。"

杰克很发愁，他只有一周时间了。

第四天，杰克还是一筹莫展，一晚上没睡，在梳理与案件相关的线索。

到了第五天，早晨他正喝咖啡的时候，局长打电话过来：“杰克，事情办得怎么样了？有没有锁定嫌疑人？”

杰克很发愁，岂止是没锁定嫌疑人，甚至都没能找到一个可用的线索。

但面对局长的问题，杰克只能说：“放心局长，办得差不多了，案情已经很明朗了。”

局长报以爽朗的笑声。他很满意。

放下电话，杰克把手里的咖啡一饮而尽，留给他的时间已经不多，于是他打电话给朋友：“你上次说的那个日本名侦探，能帮忙请来吗？”

当天上午，杰克就在案发现场看到了这位日本侦探。

侦探表现得非常没有礼貌，即使已经看见杰克过来，也还在低头玩手机。杰克伸出一只手：“你好，我是侦办这个案件的警长。”

侦探敷衍地跟他握了握。

杰克看向自己的朋友，朋友也觉得尴尬，只能讪笑着说：“侦探嘛，办事就是没规矩惯了。”

杰克想，本来就是不得已麻烦别人帮忙，只能忍着。

杰克说道：“案发现场就是这里，你按着你自己的节奏来侦办吧。”

随后杰克和朋友退到一边，把案发现场留给侦探。

而侦探就这么坐在椅子上，继续玩手机。

杰克站在角落里等。

一分钟过去。

五分钟过去。

一个小时过去。

这位日本名侦探仍在玩手机，并没有任何动作。

杰克一忍再忍，但等了一个半小时后，他实在忍不住，过去跟侦探说：“打扰一下，请问你是在侦办案件吗？我看你进屋之后好像压根没有行动啊，你在干什么？”

杰克看向侦探的手机，居然在那儿刷短视频呢！

侦探从口袋里拿出纸笔写写画画，说道：“你帮我拿个纸盒子过来，就按这个尺寸。”

杰克接过纸条，发现上面的尺寸有些熟悉。

杰克虽然不明所以，但还是照办了。

等同事把盒子拿进来，杰克忽然恍然大悟。

杰克赶紧把盒子给侦探，问：“盒子找来了，下一步呢，下一步要怎么做？”

侦探也不含糊，直接指挥警长，说：“盒子放这椅子上。”

侦探又对杰克说：“去那边，把我的手机放过去，对，打开录制按钮。”

杰克照做了，侦探又眯着眼睛问：“帮我看一下，我和盒子都在取景框里吗？”

杰克是警长，此时却被侦探像使唤仆人一样，可他丝毫没有不开心：“对对对，你和盒子都在取景框里，现在呢？”

侦探说：“你离开镜头。”

杰克赶紧跑走。

侦探对着镜头轻咳了两声，说：“我给朋友们录个开箱视频，喜欢的帮忙点个赞，谢谢各位了！”

[蚊子]

李方屋里闹蚊子。

一旦关了灯躺下，有只蚊子就“嗡嗡嗡”地在耳边飞，烦人得要命。可打开灯一找，蚊子又好像隐身了一样，怎么都找不到。

李方被这么反复折腾几次，干脆不睡了，站在阳台上抽烟。

李方气得对蚊子喊话：“本来今天刚分手心情就不好！你还烦我！”

蚊子当然听不见，也不可能给他什么回答。

李方也没指望有回答。他只是在生闷气。

李方这天跟女朋友分了手，准确地说是被分手。

女孩嫌弃他的原因主要有两点，一个是他现在太穷了。

女朋友原话是这样的：“我知道你确实有在努力赚钱，也知道你平时不容易，可你实在太穷了，我还要等你几年啊？”

第二个原因是李方不是本地人。

女朋友当时是这样表述的：“你要是本地的就还好，我妈也能勉强同意，可是你是外地的，在这也没房子，等你买房那更……”

这时候她就不讲了，服务员把牛排端了上来。

李方确实没什么钱，给女孩花的最后一笔钱是请她吃牛排的两百元。

李方抽完一支烟，又躺回床上关灯睡觉。

睡着就不会去想这件事了。

但他睡不着，蚊子一直在他耳边飞来飞去。

李方又把灯打开，在屋里找了好一会儿，还是找不到蚊子。

李方又开始想和女孩的事情。

两人开始谈恋爱还挺顺利的，所有的感情在不谈婚论嫁时，都十分美好。事情从什么时候开始完蛋的？就是从女孩想结婚，而自己赚不到钱开始的。李方晃晃脑袋，不愿意再去想了，只想好好睡一觉，明天继续努力赚钱。李方又一次关了灯躺下，试图让自己睡着。

开始还是有蚊子在耳边嗡嗡乱叫，他忍着没有管，想在忍耐中睡过去。

但他失败了。嗡嗡声还是持续着，失眠也一样在持续着。

李方再一次打开灯。他现在更生气了。

这次他从床上起来，满心都是对蚊子的愤怒。他生气地在房间里走来走去，试图找到这只一直吵得他睡不着的蚊子。

他又开始和蚊子说话：“我告诉你！我现在特别心烦！你能不能滚？”

当然，蚊子还是不会回应他，也一如既往地没有暴露自己的位置。

李方在房间里走了几步，始终找不到蚊子，只能再次放弃，关上灯躺回床上。

往床上一躺，李方就想起自己的女朋友，现在只能叫前女友。

李方觉得很可惜，她确实是个挺棒的女孩，只是当现实的压力来临的时候，金钱才是感情里最重要的东西。

李方觉得自己不能再想，再睡不着，明天的生活节奏就会被彻底打乱。但越是劝自己不要想，脑子里就越全是前女友。

这次蚊子没有闹，没在他耳边嗡嗡乱飞。

但李方还是睡不着，他再次从床上起来，把灯打开。

李方对着自己的空房间说：“蚊子啊，蚊子，想不到事到如今，居然只有你还陪着我。”

蚊子一如既往地没有回应。

但李方并不在乎，反而问：“蚊子啊，你会有这样的烦恼吗？”

李方又说：“不过我现在感觉因为有你在这个房间里，我还不是那么孤独，你这样一会儿出现一会儿消失，总也好过我生活里将要彻底消失的那个人。”蚊子始终没有出现。

李方说道："你是不是也走了？也觉得我不好，然后就这么离开了我，是吧？是的，你也走了，你们都一样，我谁也把握不住。"

李方叹口气："如果你能过来就好了，这次我不嫌弃你，毕竟你是唯一的……"李方说到这里，看见灯下一只黑蚊子晃晃悠悠地飞来。

李方手疾眼快，一巴掌拍上去把蚊子打死。

李方看着蚊子的尸体说："真傻，男人的话你也信。"

超能力

从前有座山，山顶有个与世隔绝的村落，叫敖家村。

村落中的人都姓敖，且拥有同一个超能力——他们跑得很快。

这个超能力人人都有，一直保持了几百年，直到敖方的降生。

敖方是这个村子几百年来唯一没有超能力的人，跑起来就像普通人一样，其实还比普通人稍快一点，但在这个村子里就显得过于缓慢。

也正因为这样，敖方从小就遭受不少人的白眼，身边的同龄人都比他厉害。等敖方长大一点后，连比他小的孩子也明显跑得比他快。

敖方一直交不到朋友，总是一个人坐在后山看着天空。

村子里有个传说：有一个古老的方法，可以强行提升人奔跑的速度，但副作用是人会失去之前的记忆。

这个方法几百年没用过，谁也不知道有没有用，也没人敢用。

敖方十岁的时候，还是没有觉醒能力，跑起来和一个普通人差不多。

家里有个长辈琢磨：要不让敖方去试一下这个方法吧，不然长此以往怎么办呢？

这个想法陆陆续续得到家里其他长辈的支持，只有敖方不愿意。

敖方不愿意是因为他不想忘掉一个人，一个女孩。

女孩住在山脚下的村子里，为了挖草药沿着山坡爬到了山顶，两人就这样相遇了。

见到敖方那一刻，女孩还以为自己遇到了神仙——衣着很仿古的神仙。

敖方不是神仙，只是一个缺少朋友的害羞小男孩。

后来敖方常去后山，带着他搜集来的草药，一股脑地拿给女孩。

女孩拿到草药，整个下午就可以不用工作，她就陪着敖方聊天。

两人躺在柔软的草地上，从小时候的糗事聊起，一直聊到他们期盼中的长大。敖方以为他们会一直这样。

那天敖方照常去后山找女孩，却没有遇见任何人。

他沿着后山找了好久，却始终不见那个活泼话多的小女孩。

敖方最终走进了女孩的村落。

村子里的人惊呆了，他们谁也没见过敖方这个打扮的人，敖方的村子已经与世隔绝几百年，他们看敖方，就像是在看几百年前的人。

但敖方不在乎，敖方只想找到女孩，他跟村子里的人描述女孩。

村子不大，人们马上就知道敖方问的是谁。

他们告诉敖方，女孩已经长大了，到了能上学的年纪，她家里人想让她去上学。

山沟沟里可没有学校，女孩的家人要带着女孩搬出去。

一个村民说道："从这里出去，必经之路是一个镇子，按照马的速度，他们今晚肯定要在那儿休息，但明天一早，他们再往哪边走我就不知道了。"敖方人傻在原地。他没有马，不可能追得上女孩。

可等天一亮，女孩一家离开小镇，不知道会走到哪里去，到时候天下之大，他和她恐怕再也见不到了……

他必须跑得比马还快才行。

敖方快速跑回自己村子，找到长辈，求他们用那个古老的方法帮自己提升奔跑速度。

家里的长辈倒是愿意。

于是当天晚上，如果还有人醒着没睡，就会看见月色下一个人影飞快地从山上跑下来，像风一样快。

次日清晨，女孩在小镇一间客栈里醒来，被父母催促着坐上马车。

她不是很想走，她和人约好了要去后山拿草药。

但女孩没有办法，父母坚决地要带她离开这个小镇。

她坐在马车上，稍稍掀开一点帘子，看着外面陌生的景象。

忽然，她看见一个熟悉的身影，一个脸上有些狼狈的人站在她对面。

女孩认出来了，是山顶那个男孩。

女孩说：“你……你怎么来了？”

但站在她对面的敖方已经失去了所有的记忆。

他只知道自己要来找一个人，说一句话，却不知道原因。

敖方问：“你是谁？我什么都不记得了，只记得要来找你，而且不能跑太慢，不然会来不及。”

女孩不知道他失忆的事，奇怪道：“什么？我……我是你的朋友啊。”

敖方：“朋友吗？”

敖方：“我要和你说句话来着，但我想不起来了，我应该是有什么事要告诉你吧。”

敖方摸着自己的脑袋说：“算了，随便说一句吧，你知道吗？敖家村的人都跑得很快的。”

女孩纳闷道：“所……所以呢？”

“所以，”敖方一字一顿地说，“敖特肯定跑得不慢。”